MON
CHUM
À MOI

... avant d'être
MON EX

Émilie Fanning

MON CHUM À MOI

... avant d'être MON EX

Libre Expression

Une société de Québecor Média

Catalogage avant publication de Bibliothèque et Archives nationales du Québec et Bibliothèque et Archives Canada

Fanning, Émilie, 1985-
    Mon chum à moi… avant d'être mon ex
    ISBN 978-2-7648-1161-0
    I. Titre.

PS8611.A56M66 2016C843'.6C2016-941203-2
PS9611.A56M66 2016

Édition : Nadine Lauzon
Révision et correction : Isabelle Lalonde et Maryem Panaitescot-Taje
Couverture et mise en pages : Chantal Boyer
Photo de l'auteure : Michel Paquet
Photo de la couverture : © Sébastien Raymond / Avanti Ciné Vidéo

Cet ouvrage est une œuvre de fiction ; toute ressemblance avec des personnes ou des faits réels n'est que pure coïncidence.

Remerciements
Nous remercions le Conseil des Arts du Canada et la Société de développement des entreprises culturelles du Québec (SODEC) du soutien accordé à notre programme de publication.
Gouvernement du Québec – Programme de crédit d'impôt pour l'édition de livres – gestion SODEC.

Les Éditions Libre Expression
Groupe Librex inc.
Une société de Québecor Média
La Tourelle
1055, boul. René-Lévesque Est
Bureau 300
Montréal (Québec) H2L 4S5
Tél. : 514 849-5259
Téléc. : 514 849-1388
www.edlibreexpression.com

Dépôt légal – Bibliothèque et Archives nationales du Québec et Bibliothèque et Archives Canada, 2016

ISBN : 978-2-7648-1161-0

Distribution au Canada
Messageries ADP inc.
2315, rue de la Province
Longueuil (Québec) J4G 1G4
Tél. : 450 640-1234
Sans frais : 1 800 771-3022
www.messageries-adp.com

Diffusion hors Canada
Interforum
Immeuble Paryseine
3, allée de la Seine
F-94854 Ivry-sur-Seine Cedex
Tél. : 33 (0)1 49 59 10 10
www.interforum.fr

À Marc et Miriam,
mon équipe de sauvetage quand l'amour chavire.

1. Philippe

« Il n'y a rien au monde qui sent meilleur
que la personne que tu aimes. »

Jennifer Aniston

Vous ne pouvez pas comprendre.
Ça ne s'explique pas.
C'est chimique.
Cellulaire.
Animal.

Quand je l'ai rencontré pour la première fois
dans mon bureau, ce n'est pas son profil d'investisseur audacieux qui a retenu mon attention. Ni son
complet Hugo Boss marine, coupe amincie, qui lui
donnait une silhouette taillée au couteau. Ni son
nœud de cravate Windsor, complexe à réaliser, qu'il
avait pratiqué devant son miroir spécialement pour
gonfler sa crédibilité de jeune avocat devant son
conseiller financier, qui, cette journée-là, s'est excep-
tionnellement avéré être : moi ! Amélie Boutet, petit

bolide de performance de vingt-cinq ans à l'allure distinguée.

Non.

C'est son odeur. J'ai eu ce qu'on appelle un «choc olfactif de violente intensité». Dior a vu juste avec *Fahrenheit*.

Mon attachement à Philippe, c'est la faute de Christian Dior. Ou plutôt de son parfumeur créateur. Qu'on m'amène le responsable!

La virile vanille Bourbon, enivrante à souhait, est venue frapper mon odorat d'un coup. Un coup que j'ai ensuite rêvé de recevoir, de la part de ce parfait inconnu, dans les reins avec vigueur et exaltation. Chaque nuit, je m'imaginais, dans un élan passionnel, avoir de la difficulté à dénouer sa cravate, impatiente : «Comment ça marche???»

Alors que lui, expert en la matière tel un Louis XIV, connaissait tous les boutons pour faire exploser mon porte-jarretelles – pièce de lingerie compliquée que je ne possédais pas encore à l'époque, mais dont Philippe a vite rempli mes tiroirs quand tous mes fantasmes sont devenus une seule et même réalité.

Lorsqu'il m'a invitée pour la première fois à prendre un verre, c'est sa fragrance de violette, douce et féminine, qui m'a rassurée. Et puis, tout d'un coup, je ne savais plus compter. Son odeur a fait chuter mon quotient intellectuel. J'ai vu mon diplôme en administration des affaires passer à la déchiqueteuse.

Je ne pensais pas que le caractère d'un parfum pouvait être la définition même d'une relation : intense, magnétique, sensuelle… avec accent de cuir.

Même son flacon aux couleurs de braises incandescentes, aux dégradés crépusculaires, évoque notre couple basé sur une force d'attraction incendiaire aux activités principalement nocturnes.

Comme les initiales C.D. du grand designer français gravées au fond de la bouteille, le sceau solennel de Philippe est apposé sur mon cœur. Je lui appartiens.

— Pis quand y porte pas son parfum ? As-tu envie de lui pareil ?

Marilou, vêtue d'une robe de style cubain beaucoup trop colorée, est assise devant moi sur une couverture que nous avons étalée dans le parc situé devant nos deux appartements superposés : Marilou et moi vivons ensemble au rez-de-chaussée, Mat demeure à l'étage supérieur. Coupe de vin en plastique à la main, elle attend ma réponse, intriguée pour vrai. Mat, qui semblait dormir, la tête posée sur les cuisses de mon amie, esquisse un petit sourire. La naïveté de Marilou l'amuse.

— Franchement ! rétorqué-je.

— Ben quoi ! Je t'ai demandé c'est quoi sa plus belle qualité pis tu me décris son eau de toilette depuis tantôt.

— C'est important, l'odeur ! Faut qu'on soit capable de se « sentir » !

— Moi, j'aime mieux choisir mes partenaires en fonction de leur personnalité. Pas de leur déo !

Mat ouvre les yeux, fier de sa réplique. Il a toujours eu le don de nous faire sentir un peu connes.

— Moi, y faut qu'y danse bien la salsa, dit Marilou en croquant dans une *chip* de maïs mauve.

— Parce que t'aimes la sauce piquante ?

Je regarde Mat en penchant la tête sur le côté. Il nous cherche. Marilou ne se laisse pas intimider pour autant :

— Oui… Mais aussi parce qu'un gars qui sait bouger des hanches, c'est un gars romantique. Luis, il est super romantique.

— Cayo Coco[1], Mari, y veut que tu le fasses immigrer au Canada ! C'est pour ça qu'il a l'air parfait.

Mat, je l'aime pour ça. Pour son manque de délicatesse. Pour sa vérité qui tue. Il dit tout haut à mon

---

1. Nous avons conçu un système de surnoms pour mieux nous souvenir des fréquentations de chacun. Cayo Coco est celui de Luis.

amie ce que je pense tout bas. Ça me permet de garder le beau rôle. Mais, parfois, juste parfois, je me range à ses côtés… comme maintenant.

Marilou me regarde. Je hoche la tête timidement.

— Mat a raison… Je veux pas péter ta balloune, ma chérie, mais y en a plein, des histoires de Cubains qui essaient de marier des Québécoises juste pour s'en venir ici.

— Ouin, mais nous, on a le même âge : pas trente ans de différence ! Luis, il m'aime pour moi !

— C'est pas toi qu'il veut, ce sont tes droits et libertés, lui lance Mat.

— On a eu un vrai coup de foudre ! On se parle toutes les semaines au téléphone.

— Pour vous dire quoi ? demande Mat, curieux. Y parle pas français et, toi, tu communiques plus en langage des signes qu'en espagnol.

Marilou rougit.

— J'suis en train de l'apprendre…

Long silence…

Moi, je le sais ce qu'elle fait sur Skype avec Cayo Coco.

Le long silence se poursuit…

Marilou lâche finalement le morceau à Mat, qui attend toujours.

— Il m'apprend à danser, OK !

Il s'esclaffe. Je tente de garder mon sérieux, parce que, pour elle, ça l'est.

— Sa connexion internet est assez bonne pour ça ?

Marilou se tourne vers moi, sur la défensive :

— On est patients…

Mat rit en imaginant Marilou faire des pas de danse saccadés devant son écran d'ordinateur en essayant de suivre son Cubain.

— Riez autant que vous voulez ! Moi, au moins, ma relation est basée sur quelque chose de plus concret qu'une odeur !

— Ben oui! Beaucoup de tequila sunrise, de massages à la crème solaire et de crevettes jumbos, réplique Mat.

— Moi, j'en ai jamais eu, de crevettes, il en donnait juste à Marilou, dis-je à Mat pour appuyer mon amie.

Mat est déterminé à briser le rêve de Marilou :

— Est-ce que tu lui donnais de la pâte à dents en échange?

Marilou explose :

— C'EST À CAUSE DU MONDE COMME VOUS QUE LE ROMANTISME EST SUR RESPIRATEUR ARTIFICIEL!

Elle pointe Mathieu :

— Toi, tu fais croire aux filles que tu les aimes juste pour baiser avec.

— Je les aime pour vrai... jusqu'à ce qu'elles s'attachent! rétorque Mat, toujours avec légèreté.

— Pis toi, t'acceptes que ton chum continue de te traiter comme un objet, même si la relation te convient plus.

Je hausse les épaules. Marilou a raison.

Je reste avec Philippe pour les mêmes raisons qu'un poupon tarde à naître : je me suis développée avec lui, c'est confortable et je n'ai rien connu d'autre. Je ne suis pas prête à sortir de son utérus. En fait, pour que je le laisse, il va sûrement falloir nous provoquer.

Au fond de mon subconscient, une petite voix me souffle que cette relation n'a peut-être pas les attributs du long terme, mais je me dis que tant que tu ne coupes pas le cordon ombilical, il te nourrit. Et personne n'aime crever de faim.

J'ai essayé de me séparer de lui. Plusieurs fois. Au moins une fois par année depuis quatre ans. Mais, comme un muscle déchiré après l'entraînement, il suffisait de protéines, communément appelées « *make-up sex* », pour nous soigner. Et on était prêts à courir un autre marathon, jusqu'au prochain épuisement physique et psychologique.

De la même manière qu'un enfant ne peut pas vivre que de lait maternel jusqu'à l'adolescence, je sais pertinemment que je ne pourrai pas me nourrir uniquement de sexe pour m'épanouir dans cette relation. Un jour, je vais avoir besoin d'engagement, de soutien, d'écoute et, surtout, de moments de qualité autres que ceux passés sous les couvertures. Puis, je commence à être excédée des jeux de domination de Philippe. Mon corps a des limites à épicer ses goûts du mois. Quand ta crémerie crée du *gelato* à saveur BBQ, peut-être qu'il est temps de retourner savourer une bonne vieille petite molle à la vanille pour se souvenir de l'essence de l'acte.

Cela dit, j'ai pour mon dire que, si tu restes dans une relation toxique, c'est que tu y trouves ton compte, car être le plus grand objet de désir d'un homme, c'est plaisant !

Marilou et Mat me regardent caler ma coupe de vin, perdue dans mes pensées. Marilou me fixe tout en me demandant :

— Pourquoi tu restes avec lui ?

— Parce qu'un couple parfait, ça n'existe pas. Il a dit qu'il ferait des efforts. Pis ça commence ce soir. Il me prépare à souper, dis-je, tout sourire, alors que je me lève et que j'enfile mon casque de vélo.

— De la saucisse ? Avec ou sans la peau cette fois-ci ? Merguez ou dans le sirop ? dit Mat d'un ton empli de sarcasme.

— Je sais pas encore, c'est une surprise !

— Tu me texteras le menu. J'aime ça quand tu me donnes tous les détails.

— Moi aussi ! dit Marilou, qui veut avoir priorité.

— Promis.

— On soupe-tu ensemble, d'abord ? demande Marilou en se tournant vers Mat, qui se lève pour partir.

— Je peux pas, j'ai une *date*.

— T'as pas peur qu'elle s'attache si tu lui fais à souper ? dis-je, moqueuse, en enfourchant mon vélo hybride blanc.

— Je lui fais des *hot chicken*.

— Pis ? dit Marilou en fronçant les sourcils.

— Y a pas une fille qui veut rester à coucher après avoir mangé des petits pois.

Je me mets à pédaler pour aller chez Philippe alors que Mat part en marchant dans l'autre direction.

— Ben là ! Avec qui je vais souper, moi ?

Mat et moi répondons en chœur :

— Cayo Coco !

2. Farine Five Roses

«La plus grande distance qui sépare deux personnes
est le malentendu.»

Amber Hope

Philippe est nouvellement propriétaire d'un condo
dans Griffintown. Pour ceux qui ne connaissent
pas ce quartier de Montréal, Griffintown est ce que
Chelsea est à Manhattan. Et pour ceux qui ne sont
jamais allés à New York... il serait grand temps d'y
remédier!

Tout comme Chelsea, Griffintown était jadis un
quartier ouvrier où pullulent désormais les condos
construits dans de nouvelles tours, mais aussi dans des
entrepôts et de vieilles usines rénovées.

L'appartement neuf de Philippe est situé au quatrième étage d'une ancienne manufacture de machines
à coudre. Dans le hall d'entrée hyper chic, style complexe hôtelier, une de ces machines antiques est
exposée à côté des boîtes aux lettres. Une décoration

bien pensée, mais à mon avis mal exécutée : ça fait Émilie Bordeleau au *Beachclub* de Pointe-Calumet !

De ses immenses fenêtres quasi de plain-pied, on peut voir les Bassins du Havre : un projet imaginé, tout comme le High Line de Chelsea, sous l'angle du développement durable, pour créer un lien entre écologie et immobilier.

La piste cyclable qui longe le canal de Lachine est l'artère qui permet aux cyclistes de traverser la ville d'est en ouest en toute plénitude. L'emplacement du logement de Philippe est aux abords de cette Trans-canadienne des sportifs : ma route de prédilection en été.

Tout ça pour expliquer que, chez Philippe, c'est magnifique. Et bien situé. Et que ça me plairait vraiment d'y habiter avec lui.

J'entre dans le condo sur la pointe des pieds, prête à surprendre Philippe derrière son immense îlot de quartz blanc en train de mijoter quelque chose de bon par amour pour moi. J'espère qu'il a ouvert un de ses grands vins de Bourgogne qu'il garde au cellier pour ce genre d'occasion spéciale.

Personne.

Pas de chef en tablier. Pas d'odeur d'oignons caramélisés. Pas de bouteille ouverte.

— Phil ?

Je scanne l'endroit en me remettant en question : avait-on parlé d'aller au restaurant ? Je me dirige vers la chambre à coucher.

En poussant la porte, je découvre Philippe, nu, assis dans le lit, au milieu d'un champ de petits lampions et de pétales de rose. Il me lance un sourire haïssable en me faisant signe de m'approcher. Je suis incapable de cacher ma déception. Tout ce que j'arrive à laisser échapper sans trop d'entrain est un à peine audible :

— Wow…

Mais ce que j'aurais vraiment envie de dire, c'est : « Pas encore ! » En apercevant la corde et le lubrifiant par terre, je marche sur des œufs, ne désirant pas le décevoir :

— Tu voulais pas qu'on soupe ensemble… ?

— Pourquoi souper quand on peut commencer par le dessert ?

Il me tend la main.

— Viens !

— J'ai faim…

— Tu y penseras pu dans deux secondes.

— Probablement pas, je vais être en coma hypoglycémique.

— Que tu fasses la morte, ça m'a jamais empêché de rien.

— As-tu prévu quelque chose ? dis-je en restant plantée au bout du lit.

— Qu'est-ce que tu imagines que c'est, ça ? dit-il en faisant référence au décor digne de la Belle au bois dormant version dix-huit ans et plus qui l'entoure.

Phil reste enjôleur, mais je sais qu'au fond il s'impatiente.

— Je veux dire pour manger…

— Demain, je te ferai à souper. Promis.

Phil se fait insistant :

— Envoye, viens !

Agacée qu'il ait oublié, je réponds :

— Demain, c'est ma soirée-bénéfice avec la banque !

— Après-demain, d'abord, dit Phil en attrapant mon bras et en me tirant vers lui.

Il m'embrasse, mais je le repousse avant que sa langue touche la mienne.

— Après-demain, je pars en Suisse ! Coudonc, m'écoutes-tu quand je parle ?

Phil retire mon casque de vélo, que j'oublie souvent d'enlever. Il s'apprête à le déposer par terre doucement, mais je le lui prends de manière à lui faire comprendre que la discussion n'est pas terminée. Toujours en gardant un calme déstabilisant, il s'attaque habilement à ma tenue en lycra. Me voilà en soutien-gorge et vulnérable.

— Justement, je veux faire le plein de toi avant que tu partes. Veux-tu aller prendre une douche?

— Arrête…

Phil n'a jamais pris ce mot bien au sérieux. À genoux sur le lit devant moi, il est imposant. Il me donne un petit baiser dans le cou, puis me lèche de la nuque à l'oreille.

— Phil…

— OK, pas de douche… Moi, ça me dérange pas…

D'une main, il me serre la mâchoire très fort et m'embrasse sur la bouche en s'assurant de partager avec moi ma propre sueur.

— Tu goûtes salé.

— PINGOUIN! crié-je, exaspérée.

Comme un soldat au garde-à-vous, Phil me lâche et recule, l'air fâché. Il ne niaise jamais avec le mot de sécurité. C'est grâce à ce mot qu'il a gagné ma confiance et su la garder. Ce mot est ma porte de sortie, en tout temps, et ne peut être confondu avec aucun jeu sexuel. Traiter mon chum de pingouin est une insulte lourde de sens, car le manchot est en fait un dépravé sexuel à la libido exacerbée: comme Philippe. Les mœurs salaces de l'animal sont si choquantes et indécentes que le scientifique qui en a fait la découverte a caché son étude, qui est restée secrète pendant plus de cinquante ans dans les catacombes du musée d'histoire naturelle de Londres. Comme un vieux *Playboy* roulé sous un matelas jauni.

— Qu'est-ce que j'ai fait? me lance-t-il, contrarié.

— Le but de ce soir, c'était de passer du temps ensemble avant que je parte!

— Baiser, on fait ça ensemble!

— Je l'sais!

— On va pas se masturber chacun de notre bord!

— J'aurais juste aimé qu'on fasse autre chose… pour faire changement!

— T'aimes pu ce qu'on fait?

— C'est pas ça que je dis. J'aime ça… dis-je, peu convaincue. C'est juste que c'est ton genre de temps de qualité. Pas le mien.

Je lui pointe du menton la corde qui jonche le sol. Phil hoche un peu de la tête, pensif. Il semble avoir compris. Il me tend amoureusement sa main, que je prends cette fois. Il me guide jusqu'aux oreillers.

— Couche-toi sur le ventre

— Pourquoi?

— Je vais te faire un massage, t'as l'air tendue.

J'hésite un moment à plaider ma cause davantage mais, à ce moment précis, je réalise que c'est peine perdue. Il n'a rien compris. Un monde nous sépare.

Et j'ai faim.

Tout en pensant à aller rejoindre Marilou, je me tourne sur le ventre. La joue gauche enfoncée dans l'oreiller, je fixe le vide dos à lui alors qu'il sort l'huile de massage de la table de chevet. Sur le flacon à thématique japonaise, on nous promet un éveil des sens, mais le liquide comestible au parfum de chocolat qui me coule dans le dos me donne davantage envie de faire une fondue que d'avoir une expérience aphrodisiaque.

C'est quoi, mon problème? Toutes les femmes rêvent de se faire donner un massage par leur chum.

Oui. OK…

C'est juste qu'avec Philippe, la partie massage, c'est la tape d'encouragement que ton *coach* te donne dans le dos avant la course Spartan; c'est remplir ton réservoir d'essence avant de partir en safari trois jours dans le Serengeti; c'est la poutre du pont Champlain qui vient te rassurer que la traversée va être sécuritaire.

Je sais EXACTEMENT où il s'en va avec ça.

C'est jamais JUSTE un massage.

Il a simplement compris que, sans souper, il allait devoir travailler plus fort pour se nourrir de ce que LUI veut manger.

Je retire mes paroles.

J'ai rien dit.

Du tout.

Derrière moi, Philippe tient toujours solidement une poignée de mes cheveux alors qu'on reprend tous les deux nos émotions et notre souffle. Les deux extrémités de la corde que j'ai d'enroulées autour du cou sont attachées à mes poignets. Jouir en même temps, ça surprend! Le monde qui nous séparait tout à l'heure n'est plus qu'une nappe phréatique composée de notre sueur commune. Je ne sais pas trop ce que je disais tantôt. Oubliez ça.

Phil m'enlace. Moi et ma corde, on se blottit dans le creux de son épaule. Il m'embrasse sur le front.

— Je t'aime, dit-il, en extase.

— Moi aussi.

Ça compte comme un moment de qualité, finalement. Je profite de notre rapprochement et de sa vulnérabilité pour tâter le terrain et parler de choses sérieuses.

— Je suis bien ici…

Phil se contente de sourire.

— Qu'est-ce que tu en penses si je venais habiter avec toi?

— …

Avec un avocat, il faut toujours plaider sa cause avec des arguments béton.

— Je pourrais payer la moitié de ton hypothèque. Ça te permettrait d'économiser pour qu'on fasse un voyage… Pis moi, j'arrêterais de jeter mon argent dans un loyer!

Il passe sa main dans mes cheveux et flatte mon visage doucement en réfléchissant à sa réponse.

— C'est trop tôt.

— Trop tôt? Ça fait quatre ans qu'on sort ensemble!

— Je viens d'acheter mon condo. J'aimerais ça avoir mon espace à moi un bout de temps. T'aimes pas notre *setup* ?

Tu veux dire que je vienne coucher quand ça te tente pis que je reparte le lendemain matin ?

— On a toute la vie pour habiter ensemble, y a rien qui presse. Sois patiente.

— Je suis patiente !

Mon cellulaire vibre. Je n'ai pas beaucoup de mobilité pour le saisir, mes poignets étant attachés à mon cou, mais j'y vais tranquillement. Mat me fait parvenir une photo de son *hot chicken*.

Succès ! Pis toi, ton souper ? Montre !

Je remarque que Phil est en train de s'habiller.

— Veux-tu qu'on sorte ou qu'on se commande quelque chose ?

— Moi, je m'en vais regarder la *game* chez un des associés.

— Pardon ?

— Tu peux rester ici si tu veux.

Mon envie de lui péter une coche est moindre que ma stupéfaction. Je ravale ma salive au goût de venin.

— Non, ça va être beau.

Je me défais de mon cordage en faisant attention à ne pas m'étrangler moi-même.

3. *Hot chicken* vs salsa

«Je suis désolée pour ce que je t'ai dit
quand j'avais faim.»

Mathieu dévore son *hot chicken* avec appétit devant
Sara, une fille qu'il voit pour la troisième fois.
De toute évidence, cette jolie brunette à la silhouette
de ballerine ne mange habituellement pas de pain
blanc tranché, encore moins imbibé de sauce brune.
Elle picosse dans le poulet en mettant discrètement les
petits pois à l'écart.

Mat la regarde faire, légèrement inquiet:

— Tu sais que, les pois, ça contient plein
d'antioxydants…

— J'ai pas envie d'être ballonnée toute la nuit…
dit-elle, gênée d'être aussi frondeuse.

Mat esquisse un petit sourire pour cacher son
inconfort.

— Est-ce que c'est toi qui as fait le poulet?

— Hum, hum… confirme Mat, la bouche pleine.

— Wow! Un *hot chicken* fait maison. J'ai jamais mangé ça!

— Tu n'y as pas vraiment touché, note Mat pour la taquiner.

— J'ai hâte que tu rencontres ma mère.

— Hum?

Mat lève la tête, pas certain d'avoir bien compris.

— Elle va vraiment t'aimer.

— Je l'ai pas élevé dans ma cour, le poulet, je l'ai juste fait cuire…

— Moi pis ma mère, on rêve d'avoir un bon cuisinier dans la famille.

Mat émet un rire nerveux.

— Je peux te donner la recette, si tu veux.

Sara sourit.

— T'as peur de l'engagement?

— J'peux pas avoir peur de quelque chose que je veux pas!

— Personne veut s'engager avant de rencontrer la bonne!

Sara se lève soudainement et fouille dans son sac.

— Je ne crois pas à ça, moi, la bo…

— Je t'ai apporté un cadeau.

— OK…

Mat la suit du regard comme s'il venait de découvrir qu'il avait affaire à une terroriste. Il mastique lentement, par souci de sécurité.

Sara dépose devant lui un sac en papier brun contenant la bombe et lui ordonne, excitée:

— Ouvre!

Mat avale une bouchée de travers. Il sort du sac une tasse à café, qu'il tient devant lui, l'air confus.

— C'est ma préférée de toi. Je sais que tu aimes le café. Elle est belle, hein? dit Sara, toute fière.

— Ben oui… Merci.

— Tu vas pouvoir penser à moi chaque fois que tu t'en fais le matin.

— Ça va me faire plus penser à moi…

Au même moment, on sonne à la porte. Mat s'empresse d'aller répondre, soulagé d'être sauvé par la cloche. Sara lui attrape la main pour le retenir près d'elle dans un élan romantique.

— Es-tu obligé d'aller répondre ?

Mat, qui perçoit le geste comme un acte de séquestration, cherche une excuse pour ne pas réveiller la bête :

— C'est peut-être le café que j'ai commandé.

Sara hésite, puis libère son otage.

***

Je sonne une seconde fois, le nez collé à la vitre, nerveuse. Mat m'ouvre, surpris.

— Je sais que t'es avec quelqu'un, mais ça sera pas long, dis-je, désemparée.

— Non, non, c'est correct… Qu'est-ce qui se passe ?

Mat, attentionné, sort sur le balcon et ferme la porte derrière lui.

— J'vais laisser Phil, dis-je d'un ton solennel.

Mat comprend que ce n'est rien de sérieux.

— Il a changé de parfum ?

— C'est pas drôle !

— Ben… bonne idée !

— Pourquoi « bonne idée » ?

Pour qui il se prend d'être plus convaincu que moi ?

— Parce que t'es ici. Alors que tu devrais être en train de passer la soirée avec ton chum avant de partir en Suisse.

— Oui.

— Et parce que tu mérites un gars qui veut passer du temps avec toi pour autre chose que te mettre un *choker* autour du cou.

Mat pointe les marques rouges sur mon cou :

— C'était pas là, ça, tantôt.

Je les cache d'une main, honteuse. En bas de l'escalier en colimaçon, Marilou apparaît avec des sacs d'épicerie.

— EILLE! crie-t-elle. Ton souper est déjà fini?

— Elle s'est encore fait fourrer! lui répond Mat.

Je donne une bonne claque sur le bras de mon ami alors qu'il tente de se protéger. Marilou comprend.

— Ben moi, j'ai tout ce qu'il faut pour faire des nachos si t'en veux.

— J'arrive! crié-je à Marilou. Je suis à la veille de nous acheter un champ de maïs, confié-je à Mat.

Alors que je m'apprête à descendre, celui-ci me retient par le bras, l'air un peu paniqué:

— Attends, attends! Avant, il faut que tu m'aides.

Ç'a l'air sérieux.

**

Assis sur mon lit, Mat et moi sommes pris d'un fou rire incontrôlable. Marilou arrive avec l'assiette de nachos généreusement gratinés. Elle prend place devant nous, amusée par notre état: elle voudrait participer à ce moment de bonheur commandité par «Sara-la-tasse».

— La face qu'elle a faite quand t'as bu dans sa tasse: c'était Bambi qui venait de voir sa mère mourir! Ça joue en boucle dans ma tête comme un GIF animé, mentionne Mat en essuyant sa dernière larme de pure joie et en reprenant tranquillement ses esprits.

— Raconte! lance Marilou, concentrée à libérer la *chip* de maïs de son long filament de fromage fondu.

Elle en répand la moitié sur elle.

— Mari, j'avouerai pas ça souvent…

— Quoi?

— Mais t'avais raison, concède Mat.

Marilou, la bouche pleine, incapable de converser, se redresse, étonnée qu'on lui octroie de la reconnaissance.

— Oui. Dorénavant, je ne me fierai plus aux légumineuses et je ne prendrai plus de rendez-vous avant 20 heures. Trop dangereux de donner de l'espoir.

— T'as encore brisé un cœur? dit Marilou d'un ton bourré de reproches.

— Oui, mais j'ai surtout brisé mes chances de me partir une belle collection de tasses faites en Chine avec ma face dessus.

— Elle t'a fait ça? Elle est donc bien fine! souligne Marilou, inspirée.

Mat et moi cachons notre grimace de désaccord.

— Oui, pas mal plus qu'Amé, lâche Mat en me regardant. Toi, tu vas brûler en enfer.

— Eille, tu m'as suppliée de t'en débarrasser!

— Oui, mais pas de lui donner envie de se suicider!

— Qu'est-ce que t'as fait? questionne Marilou, confuse.

— Je me suis versé du vin dans sa tasse.

— C'est tout?

— Quand je me suis aperçue dans quoi je buvais, j'ai demandé à Mat d'où ça venait, cette cochonnerie-là. J'ai pas fait exprès.

Mat recommence à rire et poursuit:

— J'ai pas été capable de la contredire, et Sara est repartie avec sa tasse en criant que je ne la méritais pas.

— J'ai même pas eu besoin de lui mentionner que je venais de me séparer pour la faire partir.

— HEIN??? T'es séparée? émet Marilou, sous le choc.

— Pas encore. Demain, sûrement.

— Tu vas le faire pour vrai? murmure-t-elle, ébranlée.

— Qu'est-ce que tu vas faire? demande Phil, debout dans le cadre de porte.

— Phil? Allo! dis-je, saisie de surprise.

— Est-ce qu'on peut se parler? réclame-t-il.

Marilou et Mat s'éclipsent, mal à l'aise devant Philippe, sachant qu'il s'apprête à se faire exécuter.

— J'vais être dans ma chambre, déclare Marilou en s'enfuyant avec son assiette.

— J'vais être en haut… dit Mat calmement, en saluant Phil au passage.

Me voilà donc seule avec Philippe. Par où commencer? Quels mots utiliser? La mastication de ma *chip* mauve me donne du temps pour réfléchir.

— Qu'est-ce que tu fais ici? dis-je, la gorge sèche.

Phil s'assoit doucement à mes côtés.

— Je suis venu m'excuser.

Je lève les sourcils. Ça, c'est une première dans l'histoire de notre couple.

— On est en préparation de procès… je suis *loadé* au bureau. J'ai oublié la date de ton départ.

— T'es quand même allé voir la *game* après que je t'ai rappelé que je partais. T'aurais pu rester, objecté-je d'un ton sec avec le ventre qui gargouille.

— C'est pas la *game* que je suis allé voir. C'est les associés qui la regardent. Si je veux devenir *partner* un jour, il faut que je me fasse connaître. C'est important que je sois là. T'es d'accord?

Je me tais en hochant la tête, gênée d'avoir voulu faire passer mon bien-être avant le sien.

— Je vais me libérer pour te conduire à l'aéroport, déclare Phil.

— T'es pas obligé. Mat peut…

— Je veux.

Philippe m'embrasse d'un baiser si amoureux que j'oublie tous mes tracas.

— Qu'est-ce que tu vas faire demain? me demande-t-il.

— Hein?

— Tu disais à Marilou tantôt que…

— Ah… Non… ça… c'est… euh… j'avais envie de démissionner.

— Toi?

«Démissionner de mes efforts pour essayer de nous faire fonctionner, pour être plus précise», pensé-je.

— Oui, j'avais besoin de nouveaux défis au travail. Mais c'était n'importe quoi. J'avais juste faim…

— Donc t'as pas mangé ?

— Pas vraiment, non.

— Je vais commander quelque chose avant que tu *scrappes* tout ton avenir !

Phil sort son cellulaire.

On est repartis pour quelques mois de plus !

4. Clic. Pow !

« Choisis un homme qui te regarde
comme si tu étais peut-être magique. »
Frida Kahlo

É videmment, je suis en retard. Je traverse le *lobby* de l'hôtel en courant sur la pointe des pieds pour ne pas faire trop de bruit avec mes talons.

Dans tous les événements auxquels je suis conviée, c'est systématique, j'arrive toujours à moitié moins fraîche que prévu : Philippe ne peut s'empêcher de me séduire alors que je suis prête à passer le seuil de la porte. On dirait qu'il le fait exprès ; comme s'il voulait être le premier à profiter de ma mise en beauté. Je soupçonne plutôt qu'il veuille marquer son territoire avant de me laisser sortir en compagnie d'hommes de pouvoir.

Je dois donc toujours reprendre une douche, me rhabiller et me recoiffer en vitesse.

En direction de la salle de réception, je m'arrête devant un miroir pour vérifier l'état de mon maquillage, mais surtout pour m'assurer que mon petit foulard de soie cache bien les nouvelles morsures dans mon cou.

Check!

Je me trouve plutôt sobre avec ma robe crayon mauve mais, ce soir, mon objectif n'est pas de *flasher*.

Je pousse la grande porte en bois discrètement en espérant passer inaperçue. Sur un podium à l'autre extrémité de la salle, Louis, vêtu de son plus beau complet aubergine foncé sur chemise bleu ciel, agrémenté d'une cravate et d'un mouchoir de poche excentriques, explique que l'engagement de la BCOC[2] dans la communauté fait partie de notre ADN.

— Les campagnes de financement en entreprise que nous avons organisées ont fait de nous le plus grand donateur corporatif pour lutter contre la pauvreté et l'exclusion… pour la cinquième année consécutive! affirme Louis poitrine gonflée, pas peu fier.

La foule applaudit sans véritable entrain, mais Louis reçoit l'encensement comme la bouffée d'amour donnée à Kim Jong-un par ses officiers militaires après un essai nucléaire réussi. Mes collègues, dispersés à des tables rondes devant la scène, sont davantage intéressés par leur potage à la courge que par les statistiques que relate notre patron. Louis poursuit son discours en se raclant la gorge trop souvent pour attirer l'attention, mais les discussions qui ont repris l'enterrent.

J'arrive à ma table et je m'assois à côté des autres conseillers financiers de ma succursale, avec qui j'ai très peu d'affinités :

– Fabrizio, vingt-huit ans, petit Italien compétitif au complet bleu royal impeccable, est un voleur de clients par excellence ;

---

2. Banque de la Confédération canadienne.

– Michel, quarante-deux ans, homme chauve à
la tension artérielle élevée, achète des complets
usagés trop grands pour lui dans lesquels il sue
beaucoup;

– Raymond, cinquante-sept ans, ex-fumeur accro
aux *patchs*, approche de la retraite et commence
à perdre la mémoire et la vue.

Quant à Simon, beau blond de vingt-cinq ans,
il m'ignore complètement depuis que j'ai refusé ses
avances et blessé son ego. Désormais, il ne m'adresse
la parole que par personne interposée. Le surnom de
Simon pour les intimes: *drama queen*.

Je scanne la salle de réception à la recherche de mon
adjointe, Murielle, une Française âgée de cinquante
ans qui fait penser à une bibliothécaire avec ses petits
foulards de soie enroulés autour du cou, ses lunettes
de vue retenues par une cordelette et son application
rigide des règlements. Peut-être est-ce une question
de culture, mais Murielle ne se gêne pas pour nous
faire la leçon. Pourtant, hiérarchiquement, elle serait la
première sacrifiée si on transposait notre bureaucratie
dans une secte.

Avec les années, j'ai appris à la considérer comme
une alliée plutôt qu'une chipie. Et bien que j'aie essayé
de la faire cesser de me vouvoyer, nous n'avons jamais
abandonné cette formule de respect qui nous empêche
de développer une véritable amitié.

Je trouve Murielle deux tables plus loin en compagnie des autres adjointes. Cette année encore, elle s'est
surpassée avec sa robe *Great Gatsby* à paillettes rouge
flamboyant. Mon coiffeur a ondulé sa coupe au carré,
qu'elle porte toujours figée comme une perruque, et
a ajouté un bandeau rubis surmonté d'une plume.
Enfin, son long porte-cigarettes et son boa de plumes
lui donnent l'air de sortir tout droit des années folles.

Louis et moi avons créé un monstre. Il y a deux
ans, nous avons décidé de décerner un prix à l'adjointe s'étant le plus démarquée par sa tenue de

gala : un week-end détox de deux nuitées au Spa Eastman. Depuis, ce concours est devenu chose sérieuse, presque autant que le droit à l'avortement.

Le mois précédant le gala, c'est la guerre froide entre les adjointes. Elles se transforment sous nos yeux en de véritables espionnes russes. Murielle m'a déjà avoué avoir flirté avec le gars de l'informatique pour qu'il vérifie l'historique de l'ordinateur de Suzanne : « échange de bons procédés », selon elle. Ainsi, elle a pu savoir dans quelle boutique sa rivale avait commandé sa robe, pour ensuite téléphoner en son nom et faire raccourcir sa tenue de manière beaucoup trop osée.

Bien que je n'approuve pas le sabotage et que je ne me rabaisserais jamais à ce genre de stratégie, j'admire beaucoup la détermination de Murielle à vouloir gagner. Donc, cette année, je me suis mise de la partie en sa faveur. Je lui ai déniché une commandite de bijoux par l'entremise d'un bon client chez Birks et j'ai subtilement fait savoir à Francine que le rouge était démodé pour assurer à Murielle l'exclusivité du port de cette couleur tendance.

Constatant le résultat de son *look*, je suis fière de ma protégée. Je tente d'attirer son attention en agitant la main pour la féliciter, mais Murielle est beaucoup trop occupée à chuchoter à l'oreille de sa voisine, l'air coquin. En fait, toutes les adjointes semblent potiner. Je m'étire le cou et brandis le bras à nouveau. Derrière Murielle, un homme lève la main, pensant que je le salue.

En le voyant, je comprends exactement ce qui se passe à la table des adjointes. Je fige devant le *sex-appeal* que dégage cet homme. Appareil professionnel autour du cou, il détonne par son allure décontractée avec sa chemise à carreaux ouverte sur un simple t-shirt gris : lui, les formalités, ce n'est pas sa tasse de thé. Il a opté pour son confort dans un événement de banquiers ; il n'a donc peur ni du ridicule ni de l'opinion des autres. Sa barbe d'un jour et ses cheveux en bataille lui donnent un petit côté rebelle. Peut-être est-ce le fait qu'il a des cheveux, contrairement à la majorité des hommes ici, qui nous attire toutes chez lui ?

Il y a une douceur dans son sourire. Au loin, il soutient mon regard une longue seconde. Je détourne le mien rapidement, gênée. Je ne veux pas qu'il croie que je le trouve à mon goût. J'ai un chum.

Bon. J'ai quand même le droit de l'admirer juste un peu… Comme un aimant, je retourne la tête dans sa direction : il a disparu.

Mon rythme cardiaque s'accélère alors que je le cherche subtilement. T'es où ? T'es où, beau photographe habillé en bûcheron ?

Je remarque que toutes les adjointes m'observent. Elles ont troqué leur sourire contre un air de bœuf. J'entends un petit clic.

Je fais un quart de tour sur ma chaise : il est là, agenouillé à côté de moi.

— T'as une mâchoire carrée…

— Ah oui ? dis-je en me touchant le visage.

— Oui. Comme les Russes, les beautés froides, mentionne le beau photographe, confiant, sourire en coin.

Ça doit être un compliment. Je ris de malaise en essayant de dire un simple merci. Aucun son ne sort de ma bouche. Qu'est-ce que j'ai ?

— Et j'ai nommé : Amélie Boutet !

Ça, c'était mon nom au micro, mais, en ce moment, il n'y a rien qui pourrait me déloger de ma chaise. Pendant un long moment, le photographe et moi, on se scrute, on s'ausculte. Dior n'a absolument rien à voir avec l'attirance que je ressens pour cet homme. Il ne sent absolument rien. Juste le propre. L'assouplisseur.

— Et j'ai nommé… Amélie Boutet ! chantonne Louis. Amélie !

Louis s'impatiente sur la scène, debout devant un gigantesque chèque recouvert d'un velours noir et posé sur un chevalet. Les lèvres du beau photographe bougent et laissent échapper mon nom :

— Amélie Boutet? Est-ce que c'est toi?

— Oui, dis-je en lui tendant mon bras pour me présenter.

Il me serre la main. La sienne enrobe parfaitement la mienne. Sa force n'est pas celle d'un casse-noisette, mais elle serait assez puissante pour dévisser mon pot de beurre d'amandes sans élastique ou me retenir au bord d'un précipice.

— J'pense que t'es demandée sur la scène…

— Hein?

Je sors des vapes en sursautant. Je frotte mon flanc, qui commence à être endolori par les petits coups de coude que Michel me donne depuis tantôt. Simon fusille du regard son nouveau Némésis. Je vois Louis, dents serrées, qui gesticule des petits « Viens ici » agressifs de sa main qu'il dissimule sous le podium.

— Vas-y, j'te suis, dit le photographe en me montrant son appareil.

Je m'empresse d'aller rejoindre Louis sur la scène en me recomposant.

— Elle est où, ta *pin*!? chuchote-t-il, inquiet.

— Ma quoi?

Louis pointe l'épinglette « BCOC » sur son veston. MERDE. J'ai dû la laisser sur mon premier choix de robe, que Philippe a froissée avant de partir. Louis me jette un regard de terreur : un employé de la banque sans son épinglette, c'est comme un employé de Walmart sans son sourire. Va-t-il me laisser présenter la donation quand même? Devant moi, le beau photographe assiste au sermon non verbal de Louis. J'ai honte, mais pas autant que mon patron. Louis me signale de m'avancer au micro. Je m'empresse de réciter ma portion de discours :

— Comme chaque année, la banque est fière de s'associer à l'organisme Centraction, qui agit concrètement dans notre communauté pour réduire les inégalités. Nous aimerions remercier tous nos employés, nos retraités ainsi que les membres de la direction pour leur générosité. Sans leur engagement, ce succès, qui est un record, n'en serait pas un. Sans plus tarder, c'est avec grand plaisir que la BCOC remet la somme de…

Je dévoile le chèque plus grand que nature à la foule, qui s'exclame :

— Trois millions cent mille dollars !

La présidente de la fondation, une femme élancée et élégante, monte sur scène, abasourdie et émue, pour remercier Louis d'une poignée de main qui se transforme en un câlin émotif. Je souris devant l'objectif du photographe, puis je descends les escaliers alors qu'il me fixe avec admiration. La tête haute, j'ai la ferme intention de ne plus me laisser déstabiliser. Ce soir, c'est MA soirée. Louis reprend le micro pour annoncer la prise de photo de l'équipe après le souper, ainsi que le nom de la gagnante de la tenue s'étant le plus démarquée. Les adjointes jubilent. Louis me suit jusqu'à la table.

Nos plats nous attendent sous des cloches en acier inoxydable. Comme deux siamois parfaitement synchronisés, nous déposons nos serviettes de table sur nos cuisses. Alors que je m'apprête à découvrir mon plat, Louis cogne doucement ma cuisse de son poing. Dans celui-ci se trouve une épinglette. Louis couvrira toujours nos arrières.

— Ton père m'a dit que je pouvais compter sur toi, que j'avais bien fait de t'engager, dit-il d'un ton paternel et sévère.

— Tu peux ! le rassuré-je en prenant la *pin* et en l'accrochant sur ma robe.

— L'année prochaine, ne me refais pas ça !

— Jamais, Louis. Parlant de l'année prochaine…

Je prends mon courage à deux mains en serrant bien fort mon couteau à steak.

— C'est peut-être pas le bon moment de te demander ça, mais… le poste de planificateur financier qui s'ouvre… Avez-vous déjà trouvé quelqu'un?

— Oui, répond Louis, catégorique. Tu peux lâcher ton couteau.

— Quelqu'un à l'interne?

— Hum, hum… fait Louis en mastiquant son filet mignon saignant. T'auras pas besoin de tuer quelqu'un.

— Pis… vous avez choisi…

Louis ne peut plus retenir sa *poker face*. Il se penche et murmure à mon oreille:

— Mon numéro 1!

Louis me lève son verre. Je ne comprends pas.

— Je peux t'appeler comme ça?

— Moi?

— Tu vas pouvoir *upgrader* ta garde-robe, ça fait pas très gala, ton *kit* de madame.

Je me retiens pour ne pas lui sauter au cou.

— Promis!

Je trinque avec lui et prends une gorgée. Il est où, le photographe? Je suis la fille la plus heureuse au monde: j'aimerais avoir un souvenir du moment où ma carrière a pris un virage important.

Alors que j'imagine ma future vie de planificatrice financière dans mon nouveau bureau, loin de Simon, de Michel et de Raymond, je l'aperçois au fond, occupé à prendre des clichés des caissières. Il valide la qualité de sa dernière photo, puis me jette un regard.

J'ai l'impression d'être magique à ses yeux.

J'ai envie de célébrer avec lui.

Pour la première fois depuis quatre ans, j'aimerais être libre.

5. Carte d'embarquement

« Le meilleur temps pour un nouveau départ
est maintenant. »

J e n'ai pas de char. Je hais les chars.
Je hais les chars parce que j'ai un vélo.

Dans la jungle urbaine, l'automobiliste est roi et le
cycliste est sa proie.

Si je ne surveille pas mes arrières constamment, ou si j'ai le malheur de sortir des tranchées construites pour mon espèce, mon prédateur peut foncer sur moi et me tuer par rupture des vertèbres. Comme les grands carnassiers terrestres, il peut réduire ma chair et mes tissus en... charogne.

Cela dit, j'aime beaucoup qu'on me donne un *lift* quand j'en ai besoin.

À ma troisième séparation d'avec Phil, ma mère a cru judicieux de me faire lire un livre intitulé *Les Cinq*

Langages de l'amour[3]. Selon l'auteur, il en existerait cinq bien distincts :
- les paroles valorisantes ;
- les cadeaux ;
- le toucher physique ;
- les moments de qualité ;
- les services rendus.

Pour moi, un *lift*, c'est une des plus belles démonstrations d'amour. Avant le sexe.

Un partenaire ne sacrifie rien en faisant du sexe ; si ça ne profite pas aux deux plus ou moins à plaisir égal, j'ai pour mon dire que la technique est à revoir.

En revanche, donner un *lift* est un sacrifice de temps, du temps qui aurait pu être utilisé pour soi. Le temps, c'est précieux. Le temps, c'est de l'argent.

Donc, quand ton partenaire sacrifie de précieuses minutes de sa vie pour te transporter là où il n'a pas besoin d'aller, c'est de l'amour.

Je regarde Philippe, en veston-cravate au volant de sa vieille Audi ; un cadeau de son père lorsqu'il a passé son barreau. Je me sens étrangement loin de lui sur mon siège passager. Je blâme mon état dépressif lié à ma gueule de bois. Habituellement, je dépose une main sur sa cuisse, mais aujourd'hui je la garde bien agrippée à la poignée de ma sacoche.

En l'observant, je me surprends à me demander si je le trouve encore beau. Plus je le regarde, plus j'ai l'impression qu'il a un petit quelque chose de diabolique derrière les yeux, malgré sa pilosité faciale d'ourson en peluche. Philippe sent que je l'examine.

— À quoi tu penses ?

— À rien… Je suis contente que tu viennes me conduire.

— T'es chanceuse qu'il n'y ait pas de trafic ! Mon tarif, c'est quinze dollars la minute, dit-il en blaguant à moitié.

---

3. Gary Chapman, *Les Cinq Langages de l'amour*, Leduc. S éditions, 2009.

Phil sacrifie son salaire pour moi : il doit m'aimer beaucoup. Lui et moi pensons pareil dans ce domaine-là. La carrière avant tout. On doit être un bon *match*.

— T'as assez facturé cette année pour en prendre une sabbatique. T'aurais pu venir avec moi...

— Amé... dit-il, déjà agacé par le propos.

— Avec mon nouveau poste, c'est probablement mes dernières vacances avant un bout.

— On l'a eue, cette discussion-là.

— Je sais... Rencontrer mon père, ça t'intéresse pas.

— C'est pas ma définition de « vacances ».

— C'est quoi, ta définition ?

— À part une chambre d'hôtel avec toi sur l'heure du midi ?

— À part ça.

— Une chambre d'hôtel dans Charlevoix ?

— T'aurais eu le temps de prendre une semaine de congé pour aller là-bas ?

— Non.

Il me regarde d'un air haïssable. Je roule les yeux ; je ne suis pas d'humeur à me faire niaiser.

Je sens mon cellulaire vibrer dans ma sacoche.

Une nouvelle demande d'amitié Facebook.

Qui est François Vaillancourt ?

Connais pas.

Je n'accepte habituellement pas les demandes d'inconnus.

Je clique sur la photo de profil : une paire d'yeux bleus.

Je passe à la seconde image : un homme dans un studio de photo, avec un appareil autour du cou, qui sourit à pleines dents à quelqu'un hors du cadre.

C'est là que je réalise qui est François.

Je me contente de lever les sourcils pour cacher mon excitation monstre alors que, dans ma tête, ça crie ceci : « *Oh my God ! Oh my God !* C'est lui. C'est le beau photographe ! »

Je ferme mon téléphone pour ne pas me compromettre.

Phil me regarde, suspicieux, car évidemment j'ai du mal à contrôler mon expression faciale.

— Ça va ? C'est quoi, cette face-là ?

— Ah… Rien. Une demande d'amitié.

Mon cellulaire vibre à nouveau.

Cette fois, j'ai un nouveau message Facebook. Le petit chiffre 1 en rouge sur la bulle de messagerie me donne tellement envie de le lire maintenant.

— C'est qui ? demande Phil.

— Le photographe qui était à la soirée hier. J'lui ai même pas parlé… Y est intense… J'sais pas comment il a fait pour me retrouver…

— Fais-tu partie d'un programme de protection des témoins ?

— Hein ? Ben non.

— C'est toi qui as remis les trois millions, il doit avoir fait une association positive avec ton nom.

— Y est bon de s'en souvenir, quand même…

— Parce que, toi, t'as des trous de mémoire ? Te rappelles-tu comment je t'ai prise quand t'es rentrée ?

— Non. On a fait l'amour ? questionné-je, étonnée.

— L'amour ? C'est quoi ça ? Moi, j'ai baisé… Et je suis pas mal sûr que c'était avec toi, dit Philippe, qui feint d'essayer de se rappeler.

J'abaisse le pare-soleil et je m'examine dans le miroir. Rien.

— Tu mens.

Phil se contente de sourire. Je n'ai pas le moindre souvenir de ma fin de soirée. Une fois que Louis m'a confirmé ma promotion, j'ai dû me lâcher lousse à la fontaine de champagne…

— Qu'est-ce qu'il dit ? veut savoir Phil.

— Qu'est-ce que tu veux dire ?

— Il t'a pas écrit ?

— Ah… euh…

J'hésite à mentir, mais en cas de doute, la vérité c'est mieux :

— Je pense que oui.

— T'es pas curieuse ?

TELLEMENT CURIEUSE ! J'AI HÂTE D'ÊTRE À L'AÉROPORT POUR LE LIRE !

— Pas tant que ça… J'vais le lire tantôt.

— Lis-le. J'aime ça quand ma blonde pogne.

— Ben non… j'pogne pas… C'est sûrement juste une photo.

— Ça va me prendre du visuel pendant que tu seras partie. Envoye !

Voyant que je ne m'en sortirai pas, j'ouvre le message et je commence à le lire à voix haute :

— « Salut André, »

— …

Philippe et moi fronçons les sourcils… Clairement, François se trompe de destinataire. Je poursuis ma lecture sans m'inquiéter de ce que pourrait comporter la suite, mais je suis tout de même un petit peu déçue :

— « Je voulais te remercier pour la plogue à la banque. C'était une bonne soirée et je suis pas mal sûr de m'être fait un nouveau client. Si tu as d'autres conflits d'horaire, je suis ton homme. Merci encore. F. »

Je me tourne vers Phil :

— M'aimes-tu encore même si je ne pogne pas ?

Phil met sa main sur ma cuisse et me sourit, l'air amoureux. Nos doigts s'entrelacent.

— Toi, tu penses qu'il ne l'a pas fait exprès ?

Je lui fais une grimace, l'air de dire : « De quoi tu parles ? »

— T'es *cute*, déclare-t-il.

6. Composition écrite

« Le meilleur moyen de s'en sortir
est de passer au travers. »

Robert Frost

Au fond du Maple Leaf Lounge, je me laisse tomber dans un fauteuil, loin des regards. Comme un écureuil, je m'apprête à dévorer ma noix.

Je regarde l'heure : 11 h 42. Est-il trop tôt ? J'estime que non. Alors, je me lève et reviens avec un verre de vin blanc.

Je sors mon cell et relis le message envoyé par François. Sans réfléchir, je compose :

> Euhhh… André ? Moi, c'est Amélie. Je crois qu'il y a erreur sur la personne…

J'efface.

Nelligan aurait honte de moi : ça manque de musicalité. En fait, ça manque d'enrobage, point. L'enrobage, ce n'est pas ma force. Quand je mange du gâteau, j'enlève toujours le crémage : c'est de la décoration, du tape-à-l'œil. La véritable substance à déguster, c'est le moelleux à l'intérieur. Mais je comprends qu'un gâteau sans glaçage, c'est ingrat. Donc :

> Bonjour François, je
> pense que tu te trompes
> de destinataire…

J'efface les points de suspension. Qu'est-ce que j'essaie d'insinuer au juste ? Que c'est un con de s'être trompé ?

> Bonjour, François. Je
> pense que tu te trompes
> de destinataire ! ☺

Le clin d'œil nous permet de rire de son erreur ensemble. Ça transforme une insulte presque en coquetterie.

Sauf que là, c'est moi qui passe pour la niaiseuse : je pense ? Je ne suis pas certaine de mon nom ?

J'efface et je soupire.

Je veux réfléchir en prenant une gorgée de mon vin, mais j'ai déjà fait cul sec sans m'en rendre compte. C'est donc ben stressant de répondre à un message qui n'est pas adressé à soi !

Bon.

Sois professionnelle et sympathique :

> Bonjour François,
> Je ne suis pas en mesure de te
> confirmer si tu as un nouveau

client, car la banque et, plus particulièrement, nos adjointes n'ont pas encore pu constater le résultat de ton travail. Sache qu'elles sont des juges implacables quand il s'agit de leur image. ☺
Cela dit, je suis heureuse de savoir que tu as apprécié ta soirée!
Hâte de voir les photos!
Au plaisir,
Amélie

Je me relis. Au moins dix fois. Et puis, j'appuie sur *Send*.

Je me mets à grouiller sur mon fauteuil en cuir. Je fixe mon écran en attendant de voir s'il va lire mon message tout de suite. C'est long.

Envoye, lis!!! C'est pas vrai que je vais passer sept heures dans la stratosphère avant de connaître ta réponse.

Une notification se fait entendre. Ça y est. L'icône de l'application indique que François a lu mon message. Je me lève d'un trait avec mon cellulaire sur le cœur, soulagée, le sourire fendu jusqu'aux oreilles.

Qu'est-ce qui me prend? Je regarde autour de moi : personne ne m'a vue. Je me rassois. OK, maintenant :

— Réponds! dis-je à voix haute à mon appareil électronique.

Des points de suspension apparaissent dans la fenêtre de message : cela signifie qu'il est en train d'écrire.

Tu es vivante!

Moi qui viens de me casser la tête pour enrober mon message! Avec un air dubitatif, j'essaie de me remémorer ma fin de soirée. Il doit faire référence à mon taux d'alcoolémie, qui était plutôt élevé pour ma petite stature.

> Je suis bel et bien vivante…
> je suis même en direction de Genève !
> Mon avion meure dans 45 minutes.

> Décolle, pas meure. Autocorrect...

Wow ! Tu pars seule ?

> Oui. 1 semaine.

Fais-moi signe si tu veux que je vienne te rejoindre. C'est mon genre de folie…

Je fronce du cuir chevelu au menton. Je m'adosse, hébétée : entreprenant, le photographe ! Qu'est-ce qu'il insinue avec ses points de suspension ? Qu'il a fait plusieurs voyages impulsifs dans le passé ? Ou que c'est son genre de folie d'être l'amant d'une fille en couple ? Peut-être ne lui ai-je pas mentionné mon statut « en relation » ? Pourtant, je me souviens vaguement de lui en avoir glissé un mot au souper-bénéfice. Il voulait sûrement mettre un clin d'œil pour me faire une blague.

Cela dit, toute blague a un pourcentage de vérité, aussi minime soit-il. Un sentiment de panique m'envahit.

Qu'est-ce que je réponds à cela ? Que je le connais à peine ? Que j'aimerais bien avoir de la compagnie, mais que ce n'est pas une bonne idée ? Et s'il me demande pourquoi ? Je ne peux quand même pas lui dire que c'est parce que son offre m'excite trop.

On appelle les passagers de mon vol à la porte d'embarquement. Je me lève et dépose ma sacoche dans le creux de mon coude. Je ferme mon cellulaire.

Je ne répondrai tout simplement pas.

7. Élisabeth de Wittelsbach, impératrice d'Autriche, bonjour !

« Je suis une princesse, non pas parce que j'ai un prince,
mais parce que mon père est roi. »

Kim Laminen

Mon père a toujours eu des idées de grandeur. J'avoue qu'un lit superposé dans un dortoir d'auberge de jeunesse m'aurait donné de l'eczéma à force d'imaginer les punaises de lit en train de se nourrir de mon sang pendant mon sommeil, mais j'aurais quand même pu me contenter d'une chambre exécutive au Hilton.

Au lieu de ça, je séjourne à l'hôtel de luxe Beau-Rivage, dans la suite historique où Sissi, l'impératrice d'Autriche, a trouvé une mort tragique. Je dors dans le lit même où elle s'est vidée de son sang.

SUPER !

Je ne saisis pas le message que mon père m'envoie en ayant réservé cette chambre : dois-je être flattée ou inquiète ? Est-ce qu'il planifie de m'avouer, après vingt-quatre ans d'absentéisme, qu'il a quitté ma mère pour retourner en Europe et assumer sa descendance d'archiduc d'Autriche ? Vais-je donc devoir consentir, à mon tour, au statut d'unique héritière qui me revient et épouser un prince belge ?

ÇA, ce serait un coït interrompu de promotion : Louis serait obligé de donner le poste de planificateur financier à Raymond l'Alzheimer en raison de son ancienneté, les profits annuels de la banque chuteraient de manière importante, mon pays tomberait en récession à cause de mon devoir de princesse...

Ou alors...

Est-ce une menace de mort pour avoir choisi d'habiter avec ma mère pendant toutes ces années ?

Du haut de mes talons hauts, devant la fenêtre qui offre un panorama du lac Léman et de la vieille ville de Genève à couper le souffle, je fixe le quai du Mont-Blanc, où Sissi a été poignardée en 1898 par un anarchiste italien. D'une main, je tiens le dépliant décrivant l'histoire détaillée de cette chambre. Le visage crispé, je me tourne pour regarder le lit de Sissi, dans lequel j'ai dormi. Les fauteuils d'époque de ma suite royale sont de la même couleur que ma petite robe tailleur rose foncé. J'ai mal au ventre. Suis-je la réincarnation de Sissi ?

Je descends tranquillement les escaliers de l'étage, contourne la fontaine au centre de l'atrium et, par des portes en verre ornées d'un visage félin ultra-stylé, je fais mon entrée dans le restaurant Le Chat-Botté.

— Amélie Boutet ? dit le maître d'hôtel, heureux de me voir.

— Oui ! dis-je, étonnée du service personnalisé.

— Si vous voulez bien me suivre. Vous êtes la première.

Nous traversons un salon-bibliothèque aux lustres verts et escaladons trois marches jusqu'à une petite table ronde. Le décor est épuré, les nappes blanches sont immaculées. On me tire une chaise couleur taupe suffisamment confortable pour mes fesses de princesse. Je m'assois seule, légèrement intimidée par le regard des hommes d'affaires qui m'entourent. J'aurais envie de leur dire que je ne suis pas une escorte, mais bien la fille d'un archiduc ; j'attends mon père ! À la place, je me cache derrière la carte des vins.

Je lis : Château Latour, Château Lafite Rothschild, Château Margaux, Château Cheval Blanc. Les prix exorbitants feraient crier ma mère au gaspillage !

Le menu est digne d'un restaurant étoilé Michelin, c'est-à-dire incompréhensible ! Ormeaux de Plouguerneau ? Queues de scampi ? Poivre de Sarawak ? Qu'est-ce que c'est ça ? Il est où, le poisson, là-dedans ?

Le sommelier dépose devant moi une flûte de champagne.

— Pour rendre l'attente plus agréable, annonce-t-il, fier de me faire plaisir.

Je pense qu'il veut dire : « Pour rendre la lecture du menu moins pénible… »

— Ah ! Merci, c'est gentil ! Est-ce qu'il y a du Wi-Fi ici ?

— Certainement.

Je sors mon cellulaire de mon sac à main. Le sommelier attend que je sélectionne le réseau « Chat-Botté », puis il me dit d'un ton des plus sérieux :

— Le mot de passe est « pussy ».

Tranquillement, je tourne la tête vers lui en me retenant pour ne pas rire. Est-il sérieux ? Il ne bronche pas. Je cherche une caméra cachée. Tous ces hommes en veston-cravate autour de moi doivent nécessairement être les figurants d'un coup monté.

Je tape les cinq lettres en maintenant ma perplexité. Je ne voudrais pas que les téléspectateurs, où qu'ils soient, croient que je me suis fait prendre au jeu. Je me connecte automatiquement à Internet.

— Wow ! Très drôle !

— On ne se lasse pas des réactions, répond-il en partant.

Je compose un statut sur-le-champ en me géolocalisant : « Quand le mot de passe Wi-Fi d'un restaurant étoilé Michelin est "pussy", ça mérite une deuxième étoile. »

Je vois mon père, vêtu d'un complet sobre gris foncé, monter les trois marches de la salle du restaurant. Il se dirige vers moi d'un pas décidé, la tête légèrement inclinée vers l'avant, comme un cheval de course. Il est accompagné d'un jeune homme dans la mi-trentaine qui n'a pas de nœud papillon, ni de médailles sur son veston, ni d'épée.

Mon père tire sa propre chaise avant qu'on puisse le faire pour lui et s'assoit. Comme par magie, deux autres coupes de champagne apparaissent. Ça y est, il me présente mon futur mari. On s'apprête à célébrer mon mariage arrangé.

— Amélie, voici Vincent Mayer.

— Bonjour, dis-je, curieuse de comprendre pourquoi cet homme se trouve à notre table.

Mon père ne m'a toujours pas dit bonjour.

— Allo ! lancé-je en insistant pour qu'il me salue.

— Allo. Tu as fait bon vol ? demande mon père sans lever les yeux de son menu.

— Oui. Merci pour le surclassement.

— La chambre, c'est bien ?

— C'est… euh… ç'a du cachet…

L'inconnu est peut-être le directeur de l'hôtel, je fais donc preuve d'économie de mots.

— Vincent est le directeur général de la Banque nationale suisse.

Pouf ! Mon rêve de princesse s'évapore comme l'eau bouillante d'une casserole qu'on envoie en l'air par -40. Je suis toutefois assez résiliente. C'est la vie !

— Ah ! Enchantée.

— Votre père m'a beaucoup parlé de vous.

— Ah oui ? Pourtant, on se connaît à peine… dis-je pour provoquer une réaction chez mon père.

Celui-ci sourit, nullement affecté par mon sarcasme. Vincent est convaincu que je fais de l'humour. Moi, je ne rirai pas tant qu'on ne m'expliquera pas pourquoi nos retrouvailles nécessitent un chaperon.

— L'océan, ça sépare, précisé-je à l'homme pour clore le dossier poliment.

Le serveur arrive.

— Est-ce que messieurs et mademoiselle ont fait leur choix ?

Mon père ferme son menu.

— Le chevreuil pour moi, avec une bouteille de Margaux 2005, dit-il en tendant la carte.

— Même chose que d'habitude, affirme le directeur sans même avoir jeté un coup d'œil à la table d'hôte.

Le serveur se tourne vers moi. En temps normal, je lui aurais fait décortiquer la carte pour prendre une décision qui s'agence avec le goût du jour de mes papilles. Mais, en ce moment, mon désir de sortir d'ici le plus rapidement possible est beaucoup plus fort.

— Le poisson ?

Le serveur hoche la tête, ramasse mon menu sans rien noter et disparaît.

— Votre père m'a informé que vous avez été promue planificatrice financière alors que vous n'avez pas encore terminé le programme CFA[4], dit le directeur. C'est une belle marque de confiance de la part de votre employeur.

Je me tourne vers mon père :

— Qui te l'a dit ?

Il ne daigne pas m'expliquer comment la nouvelle s'est rendue jusqu'à lui, se contentant d'annoncer :

— On aimerait que tu viennes travailler ici. Tu as fait tes preuves.

— Mes preuves pour quoi ? Je pensais que je venais ici en vacances.

---

4. CFA : *Chartered Financial Analyst.*

— Je commencerais tranquillement à te présenter mes clients importants. Ça te préparerait pour prendre ma relève.

— Ta relève ? J'ai pas l'intention de…

— Moins il y a de changements dans l'administration, plus les investisseurs se sentent en sécurité, affirme le directeur en me coupant la parole.

— Demain, tu pourrais venir visiter la banque, poursuit mon père. Faire un tour de la ville…

— Mon assistante est une excellente guide, dit l'homme que j'ai juste envie de bâillonner.

— C'est gentil, mais j'ai un guide de voyage.

Le serveur dépose devant moi quelque chose qui ressemble à des mollusques.

— Ormeaux de Plouguerneau, saisis au beurre noisette et servis sur un lit de cerfeuil tubéreux. Bon appétit !

— J'ai acheté une maison dans le Valais, pas loin de la station de Verbier, tu pourrais venir skier avec nous les week-ends, dit mon père en avalant tout rond une bouchée de son cervidé.

— Nous ?

— Magnifique, Verbier, c'est seulement à deux heures de Genève, dit l'autre fatigant.

— Papa, t'es en couple ?

— Elle s'appelle Annie. On en reparlera une autre fois, OK ?

— OK… dis-je, sous le choc. Ben… J'ai pas fait de ski depuis six ans… mentionné-je en palpant mes coquillages rares du bout de ma mini-fourchette.

— Tu pourras t'y remettre, propose mon père, sans aucune considération.

— C'est un des meilleurs endroits pour le ski. Le chanteur James Blunt a un télésiège à son nom, mentionne le pro du *name dropping*.

Coudonc, eux ! Est-ce qu'ils veulent que je gagne des trophées de descente alpine ou de ventes d'épargne ?

— C'est gentil, merci, mais je préfère être trempée au yoga chaud que dans un habit de neige. Puis, j'ai envie de rester dans mon pays. Je l'aime, mon pays.

Le directeur ne semble pas apprécier la tournure de cette conversation. Son visage s'assombrit. Je les ai clairement vexés, lui et sa nationalité.

— La Suisse est le troisième pays du monde où il fait bon vivre selon les Nations Unies. Le Canada a été classé en neuvième position, annonce-t-il comme si mon pays se situait dans les catacombes du tiers-monde.

— Moi, tant que j'habite dans le top dix…

Je me décide enfin à enfouir un mollusque dans ma bouche, puis, prise d'une surprise sans précédent, je m'étouffe en le recrachant sur-le-champ. Moi qui cherchais une manière de les désarçonner pour mettre un terme à leur présentation kamikaze, je n'ai même pas eu besoin de faire exprès! Les voilà hors d'état de répondre.

— Désolée, je suis désolée… c'est que… j'ai… euh… j'ai…

Je désigne ma gorge, j'avale une bonne gorgée de champagne. Je le cale, en fait. Je m'étouffe dans ma flûte. Mon père me trouve insupportable de ne savoir ni boire ni manger.

Je lève les yeux à nouveau pour voir si j'ai rêvé.

Non.

Il est bel et bien là, en train de s'asseoir à une table ronde en plein dans mon champ de vision. Il détonne dans le décor haut de gamme avec ses jeans et sa chemise à carreaux relativement propres.

Le beau photographe.

Il a pris l'avion du neuvième meilleur pays du monde pour venir à ma rescousse.

François sourit, satisfait de m'avoir presque noyée dans mes bulles avec mon animal marin.

Je reprends mes esprits en m'essuyant la bouche avec ma serviette satinée. Devant mon père et son acolyte, j'ai soudainement retrouvé ma bonne humeur.

— Ça va ? dit mon père, embarrassé par ma petite scène.

— Numéro un !

Sissi, tu peux sortir de ce corps. Je n'ai pas besoin de sang royal dans mes veines. Mon prince à moi, il est là.

8. Croisée des chemins

> « Difficile de résister à un *bad boy*
> lorsqu'il est un homme bon. »
>
> Nora Roberts

Dans le salon-bibliothèque du restaurant, mon père, mains sur les hanches, réfléchit en fixant le vide devant moi. Je sais qu'il va tenter de me convaincre une dernière fois d'accepter son offre. Ses petits hamsters sont au bord de l'épuisement. Il ne trouve pas.

— Tu as encore le temps de changer d'idée…

— J'changerai pas d'idée, papa.

— Humm…

Il hoche la tête pour signifier qu'il m'a entendue dire quelque chose.

— OK… Profite de tes vacances.

Il semble baisser les armes.

— Ben là, on va se revoir avant que j'parte ?!

— J'en doute. Nous, on va faire du ski.

Mon père pivote sur ses talons, tel un roi qui retourne diriger son royaume. Je demeure figée un instant, déçue et fâchée d'avoir choisi la Suisse comme destination de voyage. Le but était d'établir une connexion père-fille. D'apprendre à se connaître. Avoir su, j'aurais pu cocher un autre endroit sur ma liste de « lieux à visiter avant de mourir ».

La voici, ma liste.

1. L'Italie en lune de miel : Rome, les Cinque Terre, la côte amalfitaine. Mange, bois, aime !
2. Le Japon : Tokyo est le berceau de la plus grande bourse d'Asie. Le luxueux Park Hyatt Hotel où a été tourné le film *Lost in Translation*. Les sushis. J'adore le poisson !
3. Paris : pour les macarons de chez Ladurée, la lingerie fine et les talons hauts.
4. Londres : le London Stock Exchange est la plus ancienne bourse en activité au monde.
5. L'Antelope Canyon en Arizona, le Grand Canyon. Bref, me promener au-dessus et dans les gorges. Avec un arrêt à Las Vegas pour tenter ma chance au casino comme à la bourse.
6. Le désert du Namib en Namibie (mais j'ai peur des scorpions).
7. Les grottes de glace de Vatnajökull, en Islande, et les *hot springs* du Lagon bleu.
8. Le *salar* d'Uyuni, un désert de sel situé en Bolivie.
9. La Tanzanie : pour y faire un safari, comme Kim Basinger dans le film *Je rêvais de l'Afrique*.
10. New York : il faut frotter le nez du taureau de Wall Street une fois par année pour la chance.

Au lieu de ça, je me retrouve dans le pays qui est le berceau du Comité international de la Croix-Rouge, du mot « chalet » et de la fondue au fromage.

Le fromage, c'est gras. Pis ça me donne des boutons. Mon dermatologue m'a dit d'éviter les produits laitiers. Qu'est-ce que je vais faire ici une semaine?

— Fait que tu vas passer la semaine toute seule? Je me fais extirper de ma spirale colérique. Je l'avais oublié, lui. Mon «beau» problème. Je me retourne. François fouine dans les quelques bouquins décoratifs sur les étagères autour du faux foyer. Il tombe sur une revue touristique qu'il feuillette sans véritable intérêt.

— Qu'est-ce que tu fais ici? lancé-je, un peu dépassée.

— J'avais faim…

— J'veux dire ici en Suisse.

— Je suis en vacances! dit-il d'un ton joyeux et malin.

— Ben oui… Dans la même ville que moi…

— Tu m'as donné le goût de partir.

— OK… C'est un coup de tête qui a dû te coûter cher, à la dernière minute comme ça…

— Tu serais surprise à quel point! dit-il, heureux d'être plus pauvre que la veille. As-tu des plans pour cet après-midi?

— François…

— Quoi?

— J'ai un chum.

— Ohhhh, ça, je le sais, inquiète-toi pas! répond-il comme si je venais de lui faire une présentation orale de deux heures à propos de Philippe.

— Pourquoi tu dis ça de même?

— Parce que tu me l'as répété mille fois au souper-bénéfice.

Il s'approche de moi et entre dans ma bulle.

— Sûrement pas mille! As-tu toujours tendance à… à exagérer comme ça? demandé-je, ébranlée par sa proximité.

— Non. T'en as vraiment beaucoup parlé. Philippe, c'est ça?

Je suis bouche bée.

— … Ben… je l'aime… fait que j'en parle.

— Ou t'en parles pour te protéger ?

— De quoi ? dis-je en grimaçant.

— Aucune idée.

Sa réponse est feinte, je sais qu'il insinue clairement que je trippe sur lui.

— Amélie, t'as pas répondu à mon message…

— Exactement ! J'ai pas répondu !

— Si tu m'avais répondu, t'aurais écrit quoi ?

— Que c'est pas une bonne idée.

— Pourquoi ? Parce que t'as un chum ?

— Exact.

— C'est la seule raison ?

— Ça devrait être suffisant.

François fait non de la tête. Ça ne lui convient pas comme réponse.

— Le fait que t'aies un chum va t'empêcher de faire du parapente avec moi ?

— Du quoi ?

Il tourne dans ma direction la revue touristique qu'il tient depuis tantôt. Sur la page de droite se trouve une publicité pour du parapente au-dessus des Alpes.

— C'est tellement pas mon genre de truc.

— Quoi ça ? Vivre des sensations fortes ?

Il me teste.

— Je vais pas faire ça avec toi, dis-je en pointant la revue.

— Qu'est-ce que tu vas faire d'abord ?

— Autre chose.

— Autre chose pas avec moi.

— C'est ça.

— OK, ajoute-t-il en haussant les épaules.

Il jette la revue sur le fauteuil du salon et reste planté devant moi comme s'il attendait que je lui propose une autre activité.

— Tu te bases sur quoi pour penser que j'ai envie de passer la semaine avec toi ?

— Sur c'que tu m'as dit quand je t'ai mise dans le taxi.

— Pardon ?

François sort du restaurant. Je me lance à sa poursuite alors qu'il traverse le *lobby* et quitte l'hôtel.

— Qu'est-ce que j'ai dit ?

— Tu t'en souviens pas ?

— Si je m'en souvenais, j'poserais pas la question !

— Inquiète-toi pas, on pense jamais ce qu'on dit quand on est chaudaille.

Il réfléchit un instant, puis ajoute :

— Mais, toi, tu semblais pas mal sincère…

OK.

STOP.

REWIND.

Je repasse les derniers moments de ma soirée en vitesse, comme un montage de film.

J'ai dansé.

Murielle a gagné le certificat-cadeau au spa.

J'ai renversé du champagne sur ma robe.

Je suis sortie prendre l'air.

J'ai pris un taxi pour rentrer à la maison…

Je me suis probablement assoupie en chemin…

Je m'impatiente et saisis François par le bras à la porte de l'hôtel pour l'arrêter. La transition de l'air conditionné à la canicule me donne un léger choc thermique. Le soleil qui se reflète sur le lac Léman m'aveugle.

— Qu'est-ce que j'ai dit ? Je veux savoir ! Qu'est-ce que j'ai dit ?

Son calme ne justifie pas ma prise féroce. Je le lâche. François, lui, sourit. Je me tais pour ne pas l'interrompre si jamais l'information venait à s'échapper de sa bouche.

— Je te le raconterai si tu viens faire du parapente avec moi. Je m'en vais louer une voiture.

Je penche la tête sur le côté, l'air de dire : « Vraiment, tu vas me faire du chantage ? »

— Tu veux pas vraiment le savoir, affirme-t-il.

Il continue sa route. Je ferme les poings très fort et serre les dents de manière à laisser échapper un petit cri de souris.

— OK ! J'viens.

— *Cool !* Portes-tu des shorts et des *runnings* des fois ?

François est sérieux. Je le trouve un peu insultant ; lui, est-ce qu'il met autre chose que des chemises à carreaux ?

— Oui, moi, je sais m'habiller selon les occasions, dis-je pour le taquiner.

— Génial. Je passe te prendre dans quinze ?

— L'agence de location de voitures est sur la rue de Lausanne. Le temps que tu arrives, que tu loues une auto pis que tu reviennes, ce sera pas en bas de trente. Tu leur demanderas d'appeler pour réserver le parapente. Je ne veux pas qu'on se rende pour rien. Et prends un GPS, j'ai pas de carte SIM dans mon cellulaire.

Je pars en coup de vent. François lève les sourcils. Il vient de réaliser le genre de fille à qui il a affaire : calculée, avec du caractère.

9. Le taxi

« Une gueule de bois, c'est ton corps
qui te rappelle que tu as été conne. »

J'attends François sur le trottoir, vêtue d'un *kit* confortable : legging marine *fashion*, souliers de course blancs et t-shirt bleu électrique. L'air est chaud, mais je sens une brise venant des montagnes.

Dans mes bras, je tiens un imperméable noir en cas de pluie et une collation que j'ai fait préparer en cuisine par l'équipe des *pussies*. Sûrement du fromage qui va me donner la peau grasse.

François est parti depuis trente-cinq minutes. Mes calculs n'étaient pas tout à fait justes. Pourtant :

5 minutes pour se rendre au centre de location en taxi
+ 5-10 minutes d'attente en ligne
+ 10 minutes pour louer la voiture
+ 5 minutes pour revenir
= 30 minutes.

À moins qu'il ait marché ? Peut-être qu'il a oublié son permis de conduire ? J'espère qu'il est allé chez Europcar, c'est moins cher.

Merde ! J'ai oublié de calculer l'installation du GPS. J'suis conne.

Donc :

30 minutes

+ 5 minutes pour l'installation du GPS

= 35 minutes.

Il ne devrait pas tarder.

Qu'est-ce que j'ai dit avant d'embarquer dans le taxi ?

***

Les adjointes sont en feu sur la piste de danse du souper-bénéfice. La présence du beau photographe quelque part dans la salle les encourage à la promiscuité du ventre. Suis-je la seule qui ne connaît pas la chorégraphie country du vidéoclip *Don't tell me* de Madonna ?

Elles le cherchent toutes du regard, très peu subtilement, à mon avis. Chaque mouvement de danse devient donc une pose, au cas où elles seraient en train de se faire photographier de loin.

La prochaine chanson ne m'allume pas. Je laisse mes collègues à leur spectacle, leur préférant la fontaine de Moët & Chandon. Habituellement, après trois coupes, les bulles ne me montent plus au nez. C'est plus facile de déguster ce jus couleur nectar quand tu n'as pas toujours envie d'éternuer.

Je *scanne* la salle en oscillant légèrement sur place. Je me dirige vers le *lobby* à la recherche de Louis. Je l'aperçois dehors en train de prendre l'air. Je titube vers les portes tournantes en souriant au passage à la réceptionniste afin de cacher mon état d'ébriété avancé. Je pousse la lourde porte-tambour, mais je m'épuise avant de pouvoir le rejoindre de l'autre côté.

— Encore, ma belle, tu y es presque, m'encourage Louis.

— J'peux pu. J'suis prise, Louis, crié-je au travers de la vitre.

— Ben non, envoye! Faut que ça sorte, cette petite bête-là!

— J'vais rester ici ce soir.

— Tu vas dormir là?

Le front appuyé contre la vitre, je fais oui de la tête.

— J'ai de la nourriture, dis-je en levant mon verre.

Au même moment, je sens la porte avancer d'elle-même. Magie. Je me retrouve propulsée devant Louis. J'en profite pour m'accrocher un peu à son bras.

— J'suis liiiibre!!!

Un homme auquel je ne prête guère attention sort à ma suite.

— Louis, j'voulais te dire…

Je flatte le petit foulard coloré qui orne son veston en attendant de structurer ma phrase correctement.

— Un mot à la fois, Amélie.

Lorsque j'aperçois la cigarette qu'il s'apprête à porter à sa bouche, je perds complètement le fil déjà peu clair de mon idée et tape sur sa main.

— LOUIS!!!

La cigarette tombe au sol. Répugnée, je l'écrase du bout de mon talon haut pour ne pas trop le salir.

— C'est une soirée spéciale. Prends congé, fée marraine.

— T'es encore en sevrage. Ç'a été l'enfer de te faire arrêter. Donne-moi ton paquet!

Je tends la main qui ne tient pas ma flûte tout en tentant de dégriser pour être à la hauteur du sérieux de cette situation.

— J'en ai pas! dit-il sur la défensive.

— Donne-moi ton paquet! répété-je, peu solide sur mes pattes.

Je me mets à fouiller les poches intérieures de son veston, puis je tapote le côté de ses pantalons comme un agent de la paix. Je descends jusqu'à ses mollets.

— C'est ça que tu cherches ?

Derrière moi, le beau photographe me montre son paquet en allumant une nouvelle cigarette.

— Amélie, commence Louis, je te présente François Vaillancourt, c'est le photographe de…

— Oui, je sais. Allo, dis-je, trop envoûtée pour me relever.

— Salut !

— C'est tellement dommage ! dis-je en fixant la cendre qui brûle au bout de sa cigarette.

— Quoi donc ?

— Que tu fumes, murmuré-je, au comble du désespoir.

Je rote mes bulles poliment.

De ma position « petit bonhomme », je le trouve pas mal moins *sexy* avec la fumée de dragon qu'il exhale de ses narines. J'imagine le duvet qu'il doit avoir sur sa langue, ses poumons calcinés remplis de goudron et son haleine… L'embrasser doit être pire que de lécher un cendrier.

J'ai un haut-le-cœur. Je fais un rot-vomi que je ravale en grimaçant.

François me tend la main pour m'aider à me relever. Non merci. Je préfère me hisser en tirant sur les pantalons de Louis. Je ne veux pas toucher à ses doigts sûrement jaunis qui, *by the way*, ne pénétreront jamais mon vagin. Ark !

— Pourquoi c'est si dommage que ça ?

— Ben… Parce que !

François attend la suite de mon argumentaire. L'alcool aurait envie de me faire dire ceci : « Parce que avant t'étais parfait, pis là, tout ce que je vois défiler sur ton front, ce sont des statistiques mortelles. Par exemple :

– un fumeur sur deux meurt à cause du tabac ;

– les fumeurs perdent en moyenne dix à quinze ans d'espérance de vie par rapport aux non-fumeurs ;

– 90 % des cancers du poumon sont attribuables au tabagisme actif ;

– une cigarette en moins équivaut à onze minutes supplémentaires de vie ;

– surtout, la cigarette augmente de 27 % la dysfonction érectile. »

Les chiffres ne mentent pas. J'imagine un compte à rebours.

François doit avoir à peu près trente ans. Si l'espérance de vie à l'époque de sa naissance était, en moyenne, de soixante-dix ans et qu'on retranche quinze ans (parce qu'il est fumeur), il mourra à cinquante-cinq ans.

Il lui reste donc environ vingt-cinq ans à vivre. Le temps d'apprendre à se connaître, on ne pourrait pas avoir d'enfants avant au moins cinq ans. Ça veut dire que notre enfant n'aurait plus de père à l'âge de vingt ans. Je vais être veuve à cinquante alors qu'il me restera trente bonnes années à vivre en pleine santé.

Je vais faire quoi, moi ?

« C'est pourquoi j'en conclus qu'on ne pourra jamais être ensemble. »

— T'as raison, dit François, convaincu.

Je sursaute, inquiète d'avoir calculé à voix haute.

— Hum ?

— C'est ma dernière. Après celle-là, j'arrête.

J'analyse la véracité et la faisabilité d'exécution de cette affirmation.

— OK… Pas de marraine, pas de *patch*, pas rien, là ?

— Oui. *Cold turkey*, m'affirme le peut-être futur non-fumeur.

— T'as quel âge ?

— T'es pas obligé de lui répondre, dit Louis pour excuser mon manque de civisme.

— Trente et un, annonce François, amusé.

Donc, soixante-dix ans d'espérance de vie moins trente et un égale trente-neuf ans de vie commune. Beaucoup mieux.

— Ça fonctionne ! Je veux dire… J'te souhaite que ça fonctionne… parce que… c'est pas facile pour tout le monde, hein, Louis ?

— J'ai vécu un cauchemar, répond ce dernier.

— Nos clients aussi…

— Pas autant que moi, j'avais des palpitations, affirme Louis en se frappant la poitrine à répétition pour imiter son rythme cardiaque.

— Quand t'oublies des zéros, Louis, les clients aussi ont des palpitations : trois cent mille et trois millions, c'est pas le même nombre.

— Est-ce qu'on veut vivre dans le passé ce soir ? Je. Ne. Crois. Pas !

Sur ces mots, Louis tente de partir en coup de vent de manière dramatique, mais il bute à son tour contre la lourde porte tournante, qui le ralentit.

Je me retrouve seule avec François.

Son regard communique avec le mien. On se *scanne* comme si on cherchait un virus, une imperfection qui viendrait mettre un terme à la connexion en cours.

Mes antennes captent son sourire attentionné et bienveillant. J'aime sa grandeur rassurante, sa posture fière, ses grandes mains et ses petites pattes-d'oie au coin des yeux.

François, de son côté, doit sûrement savourer intérieurement le fait que sa profession m'impressionne. Il doit se nourrir de mon admiration.

À travers son regard, je me sens belle. Je me demande si c'est une déformation professionnelle de photographe de faire sentir chaque femme comme une œuvre d'art.

Philippe possède aussi ce super pouvoir, mais l'œuvre dans laquelle il me voit est un nu provocant d'Egon Schiele, *Nu avec des chaussettes vertes* : une femme dessinée d'un trait couleur ocre, couchée sur le dos dans une position déroutante, les jambes ramenées vers elle, mains sous les cuisses, visage tourné par-dessus l'épaule pour ne pas être reconnue, pommettes rosées, vêtue uniquement de longs bas verts. Les bas-cuissardes unies en coton d'American Apparel existaient déjà en 1918.

Pour François, je suis plutôt *La Jeune Fille à la perle* de Vermeer. Avant d'être un corps hypersexualisé, je suis un visage qui dévoile toute sa fragilité et ses états d'âme. Je n'ai pas besoin qu'on me couvre de bijoux pour augmenter ma valeur ni ma beauté ; une perle au lustre brillant suffit.

Dans l'Antiquité, les perles étaient appelées « larmes d'Aphrodite », qui est la déesse de l'amour et de la sexualité. Je suis donc un visage qu'on peut aimer.

Maman dit qu'il y a trois conditions non négociables à l'amour : l'admiration, le désir et le rêve. Ces trois ingrédients doivent converger vers une seule et même personne de façon réciproque.

Je connais à peine l'homme devant moi que je contemple sous toutes ses facettes. Je veux briser son mystère. Je sens que mon yin vient de s'accrocher à son yang. Nos cellules se reconnaissent. Est-ce ça, le coup de foudre ? Suis-je en train de tomber amoureuse ?

D'un geste, François me souligne qu'il prend sa dernière bouffée. Il écrase sa cigarette en me fixant, ramasse les deux mégots et les jette dans la corbeille murale prévue à cet effet.

Pour la première fois depuis que je suis avec Philippe, je ressens de l'attirance physique pour un autre homme. Cette connexion rarissime me donne le vertige. Je me demande s'il a une blonde. Je me demande si je pourrais être en couple avec un gars qui chausse des souliers Converse.

— Es-tu correcte ?

Les bulles viennent d'anesthésier le cortex frontal de mon cerveau : mon élocution, ma maîtrise de moi et ma capacité à résoudre des problèmes se voient soudainement altérées. Est-ce qu'il y a des choix de réponse à cette question ?

Je me contente de hocher exagérément de la tête.

— Humm, humm. Tu… Euh… Tu d'vrais r'tourner au parrrty… Toutes les… euh… les filles te cherchent.

— Toutes?

— Oui. Sauf moi. Parce que j'ai un chum.

— Ah… ça, c'est dommage.

— Non non. Il s'appelle… Voyons… C'est quoi son nom? Philippe! Il s'appelle Philippe…

— Est-ce qu'il est ici ce soir?

Je fais signe que non.

— Lui, y est avocat. Y est à la maison. Ben, à sa maison à lui. Moi, je suis en appartement avec ma meilleure amie…

C'est quoi mon problème avec la mémoire des noms tout à coup!

— Marilou! Mais je vais bientôt déménager avec mon chum.

— Félicitations!

— Merci, ça va super bien nous deux. Je l'aime. Toi?

— Quoi, moi?

— Ben… déménages-tu avec ta blonde bientôt?

— Non.

— Ah…

Ça ne répond pas à ma véritable question, ça… François sourit; ce n'est pas son premier interrogatoire du genre.

— J'ai pas de blonde.

— Ah, fiou! Tant mieux! Pas fiou pour moi, là, pour… euh…

François tend l'oreille. Je pointe l'intérieur de l'hôtel.

— Pour les adjointes, mentionne-t-il, perspicace.

— C'est ça.

Je pousse François vers la porte tournante.

— Vas-y!

— Tu viens pas?

En désignant la porte d'une main molle, je réponds:

— Non, moi, je r'tourne pas là-dedans. Moi, je rentre.

Au volant d'une petite Volkswagen Up! blanche, François exécute devant moi un freinage sec qui me sort abruptement de ma rêverie. Si les chiens ressemblent à leur maître, cette voiture ne ressemble pas du tout à son conducteur. Il a l'air coincé dans une boîte à savon.

— On va-tu se rendre?

— Les freins sont nerveux. Elle est neuve. Désolé, j'ai pas été capable de réserver de vol biplace où je voulais aller. Y prenaient juste les inscriptions faites un jour à l'avance. T'avais raison.

ÉVIDEMMENT!

— Mais j'ai fini par trouver. Pis on est chanceux, la météo est bonne.

Je m'assois du côté passager, nerveuse à l'idée de m'envoyer en l'air, au sens propre du terme. *La Jeune Fille à la perle* n'est plus aussi paisible qu'en peinture. En fait, mon expression ressemble plus à celle de l'homme emporté par une crise d'angoisse dans *Le Cri*, l'œuvre de l'artiste norvégien Munch.

François le remarque et se fait rassurant:

— Tu vas tripper, tu vas voir!

— T'es pas mal trop sûr de toi…

— C'est de ta faute… dit-il pour me *teaser*.

— Moi?

— Si j'étais sûr de rien, j'serais pas ici…

Ses paroles sont pleines de sous-entendus. Il me fixe avec le genre de regard qui pourrait se transformer en baiser; le regard perçant d'un chasseur dans son viseur point rouge, doigt sur la détente. Il baisse sa carabine. Il va me laisser courir en attendant de m'apprivoiser.

Philippe s'était jeté sur moi pour me capturer de force. François, lui, me traque dans un autre pays, m'appâte avec une activité et me séduit avec son assurance. Est-il en train de me tendre un piège? De me dessiner un mirage? Je crains de me laisser tenter par la curiosité.

10. Acte de foi

«Tes ailes existent déjà.
Tout ce qu'il te reste à faire, c'est voler.»

—Non, non, non, non, nonnnn…
Je marmonne pour moi-même, le visage tapissé d'angoisse. Je tiens un *selfie stick* au bout duquel une minuscule caméra GoPro filme mon heure la moins glorieuse.

— J'VEUX PU Y ALLER! crié-je à François, qui est quelque part derrière moi.

— BEN OUI, TU VEUX! me crie-t-il à son tour.

— Merde, merde, merde, merde… C'EST HAUT! crié-je à nouveau.

— Y A ZÉRO DANGER, AMÉ!

— J'M'EN FOUS DE C'QUE J'T'AI DIT DANS LE TAXI! J'VEUX PU LE SAVOIR.

Puis je gémis à voix basse:

— J'me sens pas bien…

— Tu crois qu'on va s'écraser? dit le «pilote» de parapente avec son accent suisse du Jura qui joue beaucoup trop dans les RRRRR.

Casque trop grand sur la tête, je me tiens debout au sommet d'une falaise devant les Alpes. Un homme qui se dit «pilote» est debout, collé derrière moi, dans la position «mystérieuse entrevue» du *Kamasutra*. Il resserre mes sangles ventrales. C'est effectivement un mystère pour moi le plaisir qu'ont les gens à ressentir autant d'adrénaline.

— J'ai jamais mis ma vie entre les mains d'un cerf-volant...

— C'est moi qui tiens les ficelles.

— ... ni entre les mains de quelqu'un d'autre.

— Ta vie est aussi importante que la mienne. Une fois qu'on est là-haut, la vue est géniale.

Je ne réponds rien. Il retire la caméra du bâton et l'installe autour de mon pied droit.

— Prête?

Le pilote n'attend pas ma réponse et tire sur les poignées de commande de la gigantesque voile. Celle-ci s'élève dans les airs au-dessus de nos têtes. Avec nos corps attachés l'un à l'autre, nos quatre jambes se mettent à courir comme les pattes d'un poulain mal coordonné. *Oh my God, oh my God, oh my God.*

Alors que mes pieds quittent la terre ferme, je lâche un petit cri aigu en retenant mon souffle. Je tiens mes sangles d'épaules comme si mon existence en dépendait, raide comme une barre. La GoPro filme mon arrêt cardiaque.

— Relaxe tes bras! me dit le pilote en contrôlant les trente et un mètres de tissu en papier d'aluminium qui nous bercent entre la vie et la mort.

Facile à dire: je suis dans une position très vulnérable, assise dans un baluchon, à la merci d'un homme, *wannabe* cigogne, qui tient mon destin dans son bec.

Je m'efforce de relâcher mes muscles de ciment en expirant du stress. Enfin, j'arrive à apprécier le paysage époustouflant qui défile sous mon corps suspendu dans le vide : les vallons verdoyants couleur lime s'élèvent en des montagnes parsemées d'amas de conifères kaki. La Suisse durant la saison chaude est parée de son uniforme de camouflage. Au loin, le soleil se couche en offrant un spectacle de couleurs pastel derrière les cimes enneigées des glaciers.

— Et puis ? Est-ce que tu regrettes ? me demande le pilote.

— Non. C'est tellement beau ! C'est fou comme on est petits.

— Des fourmis, éparpillées en colonies.

Je me sens plutôt comme un animal en peluche dans une machine à toutous. La pince vient de m'attraper. En bas, tous les autres nounours sont entassés en attendant d'être sauvés. Et pour se distancer de la masse, ça prend des sous. Beaucoup de pièces de monnaie, car, c'est bien connu, ces machines sont des arnaques : elles ont été programmées pour nous faire perdre. L'humain est une peluche condamnée à exister dans sa prison de plexiglas, en attendant qu'on vienne le chercher.

Je deviens soudain la spectatrice de ma vie, je dézoome de ma personne. Mes soucis sont loin en bas : Philippe, la banque, papa. Ici, rien ne peut m'atteindre. C'est apaisant et ça donne le vertige en même temps. Je me sens insignifiante. À quoi sert mon existence ? Qu'est-ce que je fais sur la terre ? C'est donc ben angoissant, le parapente !

— La chaîne de montagnes devant nous… ça s'appelle les dents du Midi, m'explique le pilote. Fais-tu de la randonnée ?

— Dans les vergers pendant le temps des pommes, oui.

— Si tu te cherches un autre défi après notre envolée, il y a un sentier qui fait le tour des sept sommets, au pied du massif. Ça prend seulement trois jours. Tu dors dans des chalets d'alpage typiques. Ça vaut le coup.

— J'pense que mon quota d'expériences a été atteint pour ce voyage-ci.

— Déjà? Dans ce cas, on va devoir maximiser cette aventure. Veux-tu piloter?

— Es-tu suicidaire?

— Non, et toi?

— Non. C'est pour ça que je laisserais les poignées entre tes mains. On n'a pas besoin d'augmenter le facteur de risque de l'activité.

— Donc tu me fais confiance, Amélie?

— Absolument. À date, tu fais ça comme un pro.

— «À date»?

La Suisse ne s'est pas mise à jour dans les expressions calquées sur l'anglais.

— Jusqu'à maintenant, dis-je pour traduire.

— Super alors, parce que, moi, je commence sérieusement à m'emmerder…

— Fais le guet des oiseaux qui pourraient nous rentrer dedans. J'te jure, ça garde éveillé.

— J'ai une meilleure idée pour garder tes yeux ouverts… Tu me fais confiance? me redemande-t-il en desserrant ma sangle ventrale.

Je fronce les sourcils. C'est la deuxième fois qu'il me pose cette question. Tout à coup, une décharge générale se fait dans mon système nerveux : je me rappelle, dans *Titanic*, quand Jack demande à Rose si elle lui fait confiance, avant d'étirer ses bras en croix alors qu'ils sont debout sur la proue du bateau. Cette question pue le danger.

— Mets tes jambes en dessous de la sellette.

— Pourquoi? demandé-je tout en obéissant, inquiète.

Je sens le parapente freiner lentement. La voile au-dessus de nous se stabilise. C'est louche, comme le calme avant la tempête. J'aime pas ça…

— Qu'est-ce qui se passe…?

— *Infinite tumbleeeeeee.*

— Infi quoi?

— C'est parti!

— Nonnonnonnnnn…

Le pilote exécute une manœuvre et le parapente se met à faire des rotations répétées sur lui-même. Je crie ma vie. Un tour. Deux tours.

— Ouvre tes yeux!!! me crie le pilote, surexcité.

J'ouvre les yeux. La voile passe devant nous, derrière nous, devant nous à nouveau.

Je crie toujours. D'abord de terreur, puis d'exaltation, en ajoutant quelques rires nerveux.

Quand la succession de vrilles cesse enfin, je me sens ivre et survoltée.

— YEAH! Ça termine bien une journée! dit le pilote.

— Je te déteste! lancé-je, essoufflée, mais le sourire aux lèvres.

— Tu peux détester ton petit copain, c'est lui qui a insisté sur l'expérience *tumble*.

— C'est pas mon petit copain. Je le connais même pas!

Pas très loin à l'horizon, François et son pilote exécutent aussi des vrilles. On les entend crier de joie.

— Eh ben, ça, c'est le genre de mec qui te donnera des ailes!

— J'en ai déjà.

— Et tu les utilises?

J'aimerais pouvoir répondre oui, mais Philippe et moi ça ne vole pas haut. En fait, ça plane tout bas.

***

L'atterrissage se fait en douceur. La voile s'écrase devant nous. Libérée de ma sellette, je réapprends à marcher. J'aperçois François atterrir à quelques mètres de moi, euphorique. On le sort de son tandem et il court me rejoindre. Il saute dans mes bras et me fait tournoyer comme si je n'en avais pas eu assez. Lorsqu'il me dépose, je vois dans ses yeux qu'il est électrisé.

— AH! C'était malade! Malade! As-tu trippé? me demande-t-il en cherchant mon regard sous mon casque.

Encore sur l'adrénaline, je fais signe que oui et je réponds, incapable d'arrêter de sourire:

— Je tremble pis j'ai les jambes molles.

Il prend mon visage entre ses mains et me regarde droit dans les yeux. Il aurait envie de m'embrasser, je le sens, je le sais. Et je le laisserais probablement faire, juste parce que tout spectacle doit se terminer en apothéose. Il cherche ma permission dans mes pupilles dilatées, mais il se ravise soudainement en m'enlaçant d'un bras réconfortant, pour m'aider à marcher vers le centre de parapente.

— Dès que je retourne au Québec, j'suis la formation pis je deviens pilote. Pas toi?

Distraite par le baiser avorté, je réponds:

— Hein? Non... Non. L'expérience culbute-platine m'a satisfaite amplement.

François sourit en réfléchissant.

— T'étais déçue.

— Hein? Non. C'est juste que les sensations fortes, moi, j'aime ça avec parcimonie.

— Je parle de ce soir-là, dans le taxi.

— Dans le...

J'allume en réalisant le changement de sujet.

— C'est ça que tu m'as dit.

— Déçue de quoi?

François est réticent à répondre.

— Tu ne voulais pas que j'te voie comme ça.

— Comme quoi?

— Chaudaille.

— C'est tout?

François acquiesce de la tête en hésitant.

— Tu mens! Quoi d'autre?

— Je pense pas que tu veuilles entendre le reste.

— Oui, j'veux!

— En fait, j'pense pas que tu sois prête.

— J'suis prête! J'suis super prête! Raconte-moi.

— Faut que tu te calmes avant. T'es encore *shakée*.

— J'suis calme! crié-je, irritée.

— J'ai une idée, me dit François. As-tu ton maillot?

— Mon maillot? Non... Toi?

— Non plus. J'ai fait ma valise beaucoup trop vite pour ça. Mais on peut se débrouiller sans.

Catégorique, je réponds:

— Non... j'suis pas mal sûre qu'on peut pas.

Il n'y a rien qui nécessite un maillot qui puisse se faire sans. François me lance un sourire haïssable. Il attrape ma main et, dans le soleil couchant, me tire vers la sortie du centre de parapente.

11. Bain de vérité

« Même lorsque la vérité crève les yeux,
certains préfèrent rester aveugles. »

J e sors du vestiaire des femmes, bien enroulée dans
ma serviette. Je traverse le chalet suisse principal
en contournant la piscine intérieure surmontée d'une
magnifique charpente en bois formant un plafond
cathédrale.

Je pousse une porte vitrée pour aller dehors. Il fait
noir, mais les lumières des bains éclairent l'eau bleutée
et les nuages de vapeur qui s'en échappent.

Le cadre est bucolique : le bassin extérieur est lové
dans la nature entourée des sommets alpins. La rivière
thermale naturelle dégage une odeur de soufre, plus
précisément d'œuf pourri, ce qui n'appelle pas vraiment à la détente. Je frissonne tout en cherchant François, qui retontit derrière moi et me dépasse comme
une flèche.

— Fait frette!

François entre dans l'eau chaude, paré de son nouveau Speedo. Il se laisse flotter en m'observant, sourire en coin. Il ne veut surtout pas manquer le moment où je vais dévoiler le maillot *cheap* de madame qu'il m'a acheté à la réception du spa.

— Tourne-toi! lui ordonné-je

François, joueur, pivote rapidement sur lui-même et me refait face. Il ne me laissera pas m'en tirer si facilement.

— *Come on*, y est super beau! Toutes les filles ici vont aller s'en chercher un pareil après.

— Niaise-moi donc!

Je laisse tomber ma serviette au sol, gênée, et fais une petite pose coquette. Je porte un maillot une pièce blanc à bretelles spaghetti un peu trop serré sur ma poitrine généreuse, qui est ornée d'un gros bijou de grand-mère fait de fausses pierres précieuses.

— C'est ça, le problème! dis-je en pointant l'«affreuseté» entre mes deux seins.

François, lui, ne voit pas ça de la même façon. Il a plus l'air dans les vapes. Il l'est au sens non figuré aussi. Ça doit être le *rush* de minéraux dans l'eau qui lui monte au cerveau.

— T'es parfaite.

Je descends dans la rivière à mon tour et m'immerge jusqu'aux épaules. Je m'assure de garder une distance raisonnable entre nous deux.

— Fais-tu souvent ça?

— Quoi ça? Acheter un maillot *cheap* à une fille? lance-t-il pour plaisanter.

— Non. Aller la rejoindre dans un autre pays alors que tu ne la connais même pas… L'amener faire du parapente… Prendre un bain de sel…

— Non. J'attendais de te rencontrer.

Audacieux! Il ne perd pas de temps. Je suis flattée, mais je demeure loyale envers Philippe.

— En tant que nouvelle planificatrice financière, j'aimerais ça te conseiller d'investir là où ça rapporte.

— Moi, j'pense que ça peut rapporter ici.

— Moi, je ne vois vraiment pas comment. Tu devrais mettre ton argent ailleurs.

— Ça me rend heureux de dépenser mon argent ici. Avec toi... en ce moment...

Un silence s'installe. La vapeur rend nos visages luisants. Je ne sais pas si c'est lui qui me donne chaud ou le bouillonnement à trente-quatre degrés. François s'approche de moi lentement, mais je m'éloigne pour conserver une distance appropriée et sécuritaire entre nous.

— Toi, t'es pas plus heureuse maintenant que quand je t'ai trouvée ce midi?

— François! dis-je, légèrement exaspérée de devoir me battre contre le vortex de tentation vers lequel il tente de m'aspirer. J'suis prise!

— C'est un détail...

— Ah! Donc, t'es en mission ici pour briser mon couple? lancé-je d'un ton teinté de reproche.

— T'es la seule qui peut faire ça... J'ai pas ce pouvoir-là, moi. Mais, quand ça va arriver, je vais être le premier en ligne. Avec une longueur d'avance sur tous les autres, mentionne-t-il, fier de lui.

— Mon couple est solide. Je suis heureuse avec Philippe.

— Ah oui?

— Ça te surprend?

— Pourquoi c'est moi qui suis dans le bain thermal avec toi et pas lui?

Bonne question. J'aimerais beaucoup que Philippe soit ici avec moi. J'ai essayé fort de lui faire prendre congé une toute petite semaine, mais il a d'autres priorités.

— Parce qu'il a un emploi! S'il veut devenir partenaire un jour, il faut qu'il facture plus d'heures de travail que toi et moi ensemble. Ses vacances, il les prend à Noël, c'est tout.

— Et ça te convient? Un chum que tu vois jamais et qui t'accompagne nulle part?

— Oui. Je l'admire beaucoup. Même si on ne passe pas beaucoup de temps ensemble, il me fait encore me sentir belle et désirée quand on se voit. C'est ça l'important.

— Si tu le dis… affirme François, peu convaincu.

— QUOI?

— Rien. Relaxe. Respire l'odeur du soufre.

— Non! Clairement, tu ne me crois pas.

— Clairement.

— Pourquoi?

François relève la tête et me lance la vérité au visage:

— Parce que ça sonnait pas comme ça quand je t'ai mise dans le taxi après le souper-bénéfice.

— Ça sonnait comment?

— Comme une fille qui aurait aimé pas avoir de chum ce soir-là.

— J'ai dit ça?

— *Yesss,* ajoute François en fermant les yeux et en reposant sa tête pour se détendre.

Son travail ici semble accompli.

— J'ai jamais dit ça.

— J'étais là. Le chauffeur était là. Toi, par exemple, t'étais pas toute là.

— Je me souviens de t'avoir vu fumer.

— Te rappelles-tu avoir eu besoin de regarder ton chèque de paye pour donner ton adresse au conducteur?

Je n'en ai pas le moindre souvenir, mais je me trouve drôle d'avoir fait cela.

— J'étais soûle.

— C'est souvent dans ces moments-là que la vérité sort…

— Tu te contredis. À l'hôtel, tu disais qu'on pense pas ce qu'on dit quand on a bu. Désolée, mais l'alcool c'est pas un sérum de vérité!

— Donc t'aurais pas aimé être célibataire ce soir-là ?
J'hésite à répondre. François soutient mon regard. Il s'approche de moi. Je le laisse faire. Il fait chaud.
— Dans une autre vie, peut-être... Je suis désolée si je t'ai fait croire qu'il y avait une ouverture.
— OK.
— Je pense qu'on est mieux de ne pas passer le reste de la semaine ensemble.
— T'es certaine ?
— J'ai jamais été aussi sûre, dis-je d'un ton convaincu.
— OK, dit-il en battant en retraite.
Alors qu'il s'éloigne et retourne à sa détente, je me surprends à être déçue qu'il ne se batte pas davantage.
En me projetant dans le futur, je réalise que Philippe ne me fera jamais de surprise en voyage ainsi. J'ai vécu plus d'aventures avec ce parfait inconnu en moins d'une journée qu'avec mon propre chum en quatre ans de relation. Le hamster dans mon cerveau pédale à cent milles à l'heure.
François relève la tête :
— Est-ce que tu commences à avoir faim ?
— Oui, beaucoup.
— Est-ce que c'est correct si on va manger ensemble avant de retourner à Genève et de pu jamais se revoir ?
J'ai du mal à décoder si cette invitation est une autre de ses techniques pour m'appâter ou s'il est vraiment affamé. Je fais signe que oui en espérant, secrètement, que la première option soit son intention.

12. Ce qui se passe en Suisse...

« Même dans une pièce remplie d'œuvres d'art,
je ne regarderais que toi. »

Au cœur du village montagnard de Champéry,
dans le canton du Valais, se trouve Le Vieux-
Chalet, un restaurant typique de trois étages construit
en vieux bois.

À l'intérieur, le décor est rustique et chaleureux : les
sculptures et les décorations en bois évoquent l'histoire
de la région ; les banquettes sont recouvertes de peaux
de vache normande blanche et brune ; et les petits
rideaux à carreaux nous rappellent la cabane à sucre.

Au fond de la salle principale du restaurant se
dresse une immense cheminée en pierre où les gril-
lades sont cuites sous nos yeux. L'odeur de viande
juteuse donne faim.

Le serveur dépose devant nous une corbeille de
pain coupé en cubes, ainsi qu'un caquelon en fonte

noir rempli généreusement de gruyère et de vacherin fribourgeois crémeux, liquéfiés au vin blanc et parsemés de champignons.

— Fondue aux bolets récoltés dans le Valais! Chez nous, on dit aussi *death by cheese*, dit-il en riant. Allez-y lentement! Bonne dégustation.

Il fait demi-tour et retourne en cuisine.

— Juste l'odeur du gras est en train de bloquer mes artères, lancé-je en approchant mon nez du plat.

— Aujourd'hui, tu vas avoir vécu dangereusement sur toute la ligne! annonce François en piquant de la mie de pain au bout de sa fourchette.

Il le trempe en s'assurant de bien laisser couler le nectar laiteux devant mes yeux.

— Ma ligne a effectivement peur en ce moment.

— Tu te sens pas plus vivante?

François engouffre sa bouchée sans attendre, mais c'est beaucoup trop brûlant pour être plaisant. Il a l'air d'un chien qui mâche un kleenex.

— Je vais juste me sentir plus laide quand j'aurai un chemin de fer de boutons sur le front.

François, qui souffre du palais, n'est pas en mesure de me répondre. Je trempe mon morceau de gluten dans le bain de lactose en grimaçant. Je n'arrive pas à croire qu'il m'ait convaincue de prendre la fondue. Je laisse dégoutter le plus de fromage possible. Je souffle suffisamment sur ma bouchée, puis… Quel délice! Je ferme les yeux en dégustant.

François est heureux de me faire vivre ce moment d'extase commandité par les fromages d'ici (c'est-à-dire de chez eux, pas de chez nous). On se sourit, la bouche pleine.

Mon cellulaire sonne très bruyamment dans mon sac et interrompt notre orgasme buccal commun.

— Eille, s'cuse-moi! dis-je en avalant.

J'attrape mon téléphone et éteins la sonnerie en constatant le nom sur l'afficheur. J'hésite. François le remarque.

— Veux-tu le prendre?

— Non, non, c'est beau. Je le rappellerai.

— Ton chum?

Je fais signe que oui.

— Ça va?

— Je suis juste en train de me demander si c'est important. Philippe appelle pas pour jaser. Encore moins quand c'est un interurbain.

— Il doit s'ennuyer.

— Philippe s'ennuie pas.

— De toi, je veux dire.

— Pas le jour.

— Juste la nuit? dit François, amusé.

— Quand il est au bureau, son téléphone est un outil de communication sérieux. «Faut pas bloquer une ligne!» dis-je en imitant Philippe, qui me l'a si souvent répété.

— Moi, j'aime ça parler pour parler.

— Ah oui?

— Oui. Le jour, la nuit, n'importe quand. Surtout avec toi.

Je tends la main pour prendre une gorgée d'eau, mais François m'en empêche. Sa main touche la mienne. On le remarque tous les deux.

— Non, non, fais pas ça, dit-il.

— Quoi ça?

— Boire de l'eau glacée. Le fromage va se solidifier comme du béton pis tomber dans le fond de ton estomac, c'est dangereux.

— Mon Dieu! m'exclamé-je en déposant mon verre.

— Bois du vin à la place.

— Après avoir essayé de me tuer, tu me sauves la vie. Quoi d'autre peut m'arriver de risqué aujourd'hui?

Je sirote mon vin alors que François s'approche de moi. Il caresse ma main sensuellement. La prend et l'approche de sa bouche pour y déposer un doux baiser. Je fige et j'avale de travers.

— Pleins de choses… me lance-t-il avec un regard perçant. On pourrait frapper un bouquetin sur la route ce soir pis rester coincés dans les montagnes.

Il dépose un second baiser. Ce jeu me fait sourire.

— On pourrait *squatter* une bergerie et dormir avec les brebis, histoire de se réchauffer, ajoute-t-il.

Il s'approche pour déposer un troisième baiser, mais je reprends ma main.

— Ton cell pourrait manquer de batterie pour le reste de la semaine…

De manière à lui faire savoir que ses propositions indécentes ne m'atteignent pas, je réponds :

— J'ai toujours mon chargeur avec moi…

François s'adosse à sa chaise sans me lâcher des yeux. Il prend son appareil photo.

— Qu'est-ce que tu fais ?

— Je documente ce moment-là.

— Pis en quoi ce moment-là a besoin d'être documenté ?

François regarde d'un air satisfait la photo qu'il vient de prendre. Il me la montre.

— Ça, c'est l'expression d'une fille qui en a vraiment envie, mais qui se retient.

— Qui a envie et se retient de quoi ?

— De changer de vie.

Je me mords l'intérieur de la lèvre. *Fuck* la fondue au fromage. *Fuck* mon pinot gris à saveur de sucre d'orge, j'ai envie de lui sauter dessus. Je ne sais pas ce qui m'en empêche, à part mon principe de fidélité absolue. Sûrement la laisse symbolique autour de mon cou que Philippe tient depuis Montréal.

Ce qui se passe en Suisse reste en Suisse, non ?

13. Plus facile à penser qu'à dire

« La première étape pour aller quelque part
est de décider de ne pas rester où tu es. »

J.-P. Morgan

D ans le hall des arrivées internationales de l'aéroport
de Montréal, Philippe m'attend en veston-cravate,
mains dans les poches. Je fais rouler ma petite valise
jusqu'à lui, nerveuse.

En me voyant, il sourit. Ai-je l'air d'avoir un secret?
J'ai l'impression de transpirer le mensonge, même si
je ne l'ai pas trompé. Comment font les gens pour
vivre dans l'adultère? Je me le demande. Sur papier,
je n'ai rien fait de mal, néanmoins, j'ai l'impression de
mériter un procès.

Est-ce que je lui raconte tout? Dans les moindres
détails? Ou est-ce que j'omets complètement qu'un
homme merveilleux est venu me rejoindre et qu'il m'a
fait passer les plus belles vacances de ma vie?

— Allo, dis-je, pressée de rentrer à la maison.

Philippe m'embrasse en me prenant par la taille. Je le laisse faire jusqu'à ce qu'il monte ses mains sur mes flancs et tâte mes seins devant tout le monde. Je me détache de lui d'un air désapprobateur. Il grogne.

— J'me suis ennuyé!

« Pas moi », pensé-je.

— C'est rare, ça!

Il passe son bras autour de ma nuque, comme pour me faire un *head lock*, et m'embrasse la tempe en me chuchotant à l'oreille:

— J'ai tellement envie de toi, t'as pas idée.

Je ris jaune. Pas moi.

— On l'a jamais fait dans un stationnement... me propose-t-il d'un ton instigateur.

— Oui, à notre deuxième *date*, quand t'es venu me chercher à la banque un soir.

— Mais pas dans celui d'un aéroport.

— Y a plein de familles qui arrivent de Disney.

— Aux toilettes?

— On peut-tu juste rentrer? J'suis fatiguée.

— Fatiguée de quoi? D'avoir regardé des films en trempant tes bretzels dans du Clamato entre deux siestes?

— Y est 2 heures du matin pour moi. Tu le sais que je dors pas assise.

En réalité, je n'ai pas fermé les yeux durant mon vol, car je répétais la manière de lui annoncer que le terminal où il vient me chercher serait aussi le terminus pour nous deux.

— T'aurais dû faire un effort parce que tu dormiras pas cette nuit non plus...

Je le regarde et ne dis rien, car je connais la suite, comme si j'étais dans un mauvais téléroman prévisible.

— Avec le *whiplash* que je vais te donner en arrivant à la maison, ça se peut qu'on doive passer le reste de la nuit à l'hôpital.

Du ton le plus indifférent qui existe, je réponds:

— *Cool...*

Je suis exaspérée de ce genre de discours. Exaspérée est peu dire. En fait, je ne suis plus capable! Phil ne m'excite plus. Quand je le regarde, je ne ressens rien. J'ai eu besoin d'être à cinq mille huit cent quatre-vingt-quinze kilomètres de lui pour réaliser que j'étais plus heureuse sans lui qu'avec lui.

✳✳✳

Dans la voiture, je ne prononce pas un mot. Regarder les bâtiments défiler au bord de l'autoroute 20 m'hypnotise. La dépression du retour à la vie normale vient de me frapper. François et moi avons finalement passé la semaine ensemble. Il a réussi à m'apprivoiser. Chaque matin, il venait me chercher au volant de sa petite voiture allemande avec un croissant et un latté ramassés à la boulangerie Alexandre, située à trois coins de rue de mon hôtel. Nous partions ensuite à la découverte des environs de Genève. Je me rappelle la fois où le GPS nous a conduits tout droit dans une mine de sel plutôt qu'au vignoble de Charrat du domaine Chappaz, où la présence d'un sol calcaire rend le lieu propice au cépage pinot noir. Au lieu d'une dégustation de grands vins suisses, nous avons visité un gisement de sel des Alpes et appris les différentes techniques d'extraction. Un sourire se dessine sur mes lèvres.

Les fenêtres de l'Audi de Philippe sont ouvertes. Je fais le plein de courage. J'aimerais que cette épreuve soit déjà passée. Y a-t-il un bon moment pour mettre un terme à une relation?

— Est-ce qu'on peut s'arrêter chez moi?

— Quoi?

Le vent circule bruyamment dans la voiture.

— Est-ce qu'on peut aller chez moi? dis-je en élevant la voix.

— Tu peux pas attendre à demain? demande-t-il de manière à me faire sentir exigeante.

— J'aimerais ça y aller maintenant.

— J'ai préparé quelque chose…

En tournant mon regard vers l'extérieur à nouveau, je réponds plutôt bêtement:

— Je le sais ce que t'as préparé…

— Quoi?

— J'ai dit que je le sais!

— Comment ça, tu le «sais»?

Est-ce que c'est ici que je frappe sur le bobo? Je le fixe et déclare la guerre du haut de ma nonchalance:

— Parce que c'est toujours pareil!

— Je fais jamais à souper!

Je le regarde et me tais à nouveau. Est-ce que j'attends après le souper? Ou est-ce que je retire maintenant le pansement de notre relation infectée sans espoir de guérison?

— Je veux qu'on se sépare.

Philippe m'observe furtivement tout en gardant un œil sur la route. Il a compris, mais veut en être bien certain. Il ferme sa fenêtre.

— Répète ça?

— Je veux qu'on se sépare.

Phil émet un petit rire étouffé. Il ne me prend pas au sérieux.

— C'est-tu une *joke*?

Je fais non de la tête en pinçant les lèvres. Long silence. Philippe réfléchit, accuse le coup, puis hausse les épaules, résigné.

— OK.

— OK?

— Ouais.

— Tu veux pas savoir pourquoi?

— Qu'est-ce que ça change? C'est ça que tu veux? dit-il comme s'il confirmait une commande *take-out* au restaurant indien.

— Tu t'en fous?

— La semaine dernière, tu voulais qu'on emménage ensemble.

— Pis t'as pas voulu.

— C'est pas la première fois que tu me fais ça, je commence à être habitué.

— Là, c'est vraiment fini.

— Je suis pas mal sûr que t'as dit ça les trois autres fois d'avant aussi.

— Peut-être, mais, là, c'est différent.

— Si tu le penses.

Phil immobilise sa voiture devant chez moi.

— Je te le répète, dis-je. Je suis pu capable d'être juste ton jouet. J'ai besoin de partager plus qu'un lit avec l'homme de ma vie.

— D'accord.

J'attends de voir s'il va ajouter autre chose. Rien. Je sors de la voiture. Philippe a déjà ouvert le coffre. Il ne daigne même pas sortir de sa voiture. Je dépose ma petite valise sur le trottoir. Je ne sais pas s'il joue au *tough*, s'il est dans le déni ou s'il est en train de faire la liste des filles avec qui il pourrait coucher ce soir.

Je lui demande :

— Fait que c'est tout ?

Avant de redémarrer la voiture, il me lance :

— Je pense que oui. Bon retour !

J'avoue être ébranlée par la vitesse à laquelle nous avons fait cela. La vieille Audi disparaît au loin. J'émets un grand soupir.

« Je suis célibataire. »

C'est ce que je texte à François sur-le-champ.

14. Les manipulateurs sont parmi nous

«La séduction a toujours été une histoire de manipulation.»

François Raux

«La séduction suprême n'est pas d'exprimer
ses sentiments, mais de les faire soupçonner.»

Jules Barbey d'Aurevilly

M at est en train d'engueuler Marilou dans la cuisine de l'appartement alors que celle-ci se fait un tequila sunrise. Des *empanadas* de maïs sont sur une assiette au centre de la table.

— Tu te fais manipuler, Mari.

— Tu le sais pas!

— Oui, je le sais, parce que, à La Havane, le mercredi soir, y a des cours clandestins sur comment marier un étranger.

— Tu regardes trop les nouvelles! Vous autres, les journalistes, vous cherchez tellement les bibittes que vous en voyez partout!

— C'est parce que, nous, on ne fait pas semblant de ne pas les voir! Veux-tu que je te sorte un article pour te le prouver?

— Y a des articles? demande Marilou, un peu curieuse.

Mat fait signe que oui.

Depuis le décès de la mère de Marilou il y a sept ans, Jean, le papa poule de mon amie, n'a jamais cessé de s'impliquer dans l'éducation de sa fille, bien qu'elle ait atteint l'âge adulte. Il lui fait parvenir presque quotidiennement, par courriel, des liens vers divers reportages qu'il déniche sur Internet. Pour l'éduquer ou la terroriser, c'est selon. De l'importance de filtrer l'eau du robinet à la vaccination contre la grippe, en passant par la consigne de Santé Canada sur la haute teneur en mercure du thon blanc en conserve, Marilou a tout ce qu'il faut pour se faire peur.

— C'est toi qui l'as écrit, je suppose? demande-t-elle.

— Ces gars-là, Mari, ils ont des fiancées partout dans le monde et ils coordonnent les vacances de chacune pour pas qu'elles se croisent.

Marilou réfléchit un instant, puis, sûre d'elle, fait non de la tête.

— Ça se peut pas. Tu lis pas ce qu'il m'écrit.

— Laisse-moi deviner: t'es la femme de sa vie, il a hâte de te présenter à sa famille et t'es son trésor?

— C'est vrai que je suis son trésor! C'est comme ça que je me sens.

— Pourquoi tu penses? Parce que T'ES SON VISA!

— Tant mieux s'il peut avoir une meilleure vie ici que là-bas. Pis, moi, je vais enfin habiter avec un chum qui m'aime. On est tous les deux gagnants.

— Sais-tu combien d'années ça va prendre pour le faire venir ici?

— D'années? réplique Marilou, inquiète.

— Ça prend des mois pour remplir toute la paperasse.

— Ça prendra le temps que ça prendra.

— OK… Et une fois qu'il arrivera ici et que t'auras une bague en faux corail noir *tagué* Varadero autour du doigt, comment il va faire pour vivre sans emploi, sans bien-être social?

— Il va donner des cours de danse.

— À qui? À toi? Ça prend deux ans pour obtenir un statut de résident!

— Je vais le soutenir. J'ai des économies…

— Oui, le fameux argent qui apparaît dans ton compte tous les mois! Ton père, il le sait-tu qu'il va parrainer un Cubain? Sais-tu ce que ça veut dire «parrainer»?

— Ben oui!

— Explique-le-moi!

Marilou, perplexe, n'est pas au courant de la définition exacte. Mat va au-devant:

— Je vais t'aider. Ça veut dire que, pendant deux ans, c'est toi qui es responsable de subvenir financièrement à tous ses besoins essentiels. Tu payes pas juste sa bouffe et son loyer, mais aussi son *suit* de ski-doo, ses souliers de ballet pis ses cours de français.

— Je vais lui apprendre, moi, le français!

Je manifeste ma présence.

— Qu'est-ce qui se passe?

— Allooooo! dit Marilou, heureuse que je sois enfin de retour pour la défendre.

Mat, en furie, me regarde et demande à Marilou de m'expliquer.

— Dis-y!

Marilou, honteuse, lâche le morceau:

— Si je veux que Luis vienne habiter ici avec moi…

— Mari… lancé-je, devinant où elle s'en va avec ça.

— Ben on n'aura pas le choix de se marier!

Mat me regarde en montrant Marilou du doigt, l'air de dire: «Et voilà notre nouvelle mission de sauvetage!» Il attend que je réplique.

Bien que je croie à l'arnaque, je sais aussi que, jusqu'ici, la technique de persuasion de Mat n'a pas eu l'effet escompté. Il faut donc tenter une autre approche.

Mat a déjà essayé la technique du «choc émotionnel», c'est-à-dire adopter un vocabulaire spécifique se référant à des images fortes : MARIAGE = ARNAQUE.

Selon mes observations, Marilou n'a pas le moins du monde été perturbée par la transmission de cette illustration tragique dans son inconscient.

Il a également utilisé l'«argument d'autorité», s'appuyant sur sa culture générale pour faire référence à des faits vécus et à des lois qui abondent dans le sens de son raisonnement : OBTENIR LE STATUT DE RÉSIDENT = DEUX ANS.

En tant que journaliste, Mat est beaucoup mieux équipé que moi en ce qui concerne les débats. Que me reste-t-il comme outil de persuasion ?

Mat me regarde toujours :

— AMÉ, câlisse ! Tu vas pas mettre ton sceau d'approbation là-dessus ?

Je me tourne vers Mari en haussant les épaules :

— OK…

— OK ? répètent-ils à l'unisson.

L'indifférence, comme celle de Philippe envers notre séparation, est une forme de manipulation. La trop grande facilité à obtenir quelque chose, c'est toujours louche. Ça sème une graine de doute dans l'esprit du décideur. Mais, surtout, ça remet complètement entre les mains de Marilou les conséquences de ses gestes. Elle ne pourra pas me blâmer de l'avoir mal conseillée si son projet marital se transforme en divorce frauduleux.

— Oui, c'est ta vie. Tu fais ce que tu veux.

Mat lève les mains de manière à signifier qu'il ne veut plus s'en mêler. Il nous observe toutes les deux.

— Vous faites un beau duo !

— Pourquoi tu dis ça ? lancé-je, insultée qu'il me compare à Marilou.

— Tu sais que, tout ça, c'est sûrement de ta faute, affirme-t-il, réprobateur.

— J'ai été partie pendant une semaine, c'était à toi de t'en occuper!!!

— Eille! J'ai pas besoin qu'on me surveille, répond Marilou, offensée à son tour.

Comment cette discussion s'est-elle revirée contre moi aussi rapidement?

— T'es pas un modèle à suivre en matière de relation saine, c'est tout ce que je peux affirmer, déclare Mat.

— JE SUIS MÊME PU EN COUPLE!!! crié-je, exaspérée de cette chicane.

Ils me regardent tous les deux, surpris. J'empoigne un *empanada* dans l'assiette et en prends une bonne bouchée. Je mange un peu mes émotions, me rappelant que j'ai pris cette décision sans demander l'avis de personne il y a moins de quinze minutes. Je suis donc la seule à blâmer.

— Es-tu correcte? m'interroge Mat, soucieux.

— Oui, c'était la bonne chose à faire.

Marilou ne peut plus contenir son excitation. Elle laisse échapper un petit cri aigu. Je suis un peu étonnée de sa réaction. Elle pourrait faire preuve d'un peu de compassion... ou, du moins, faire semblant que c'est dommage, mais non. Elle se met plutôt à sautiller sur place en tapant des mains, en dansant et en chantonnant de joie:

— Amé est célibataire! Ahhhh! Enfiiiinnn! T'es débarrassée du bonhomme sept heures. Il nous a jamais aimés, lui!

Mat sourit.

— Tu crois que c'est la bonne, cette fois?

— Oui...

J'hésite, ayant peur de leur réaction. Puis je leur avoue:

— Parce que je pense que j'ai rencontré quelqu'un...

Marilou cesse de danser subitement, perd le sourire et baisse les bras d'un coup.

— Ben là! En Suisse? Tu vas pas déménager là-bas??? Pis moi!!! s'écrie-t-elle, catastrophée.

Mat se met à rire, découragé de tous ces rebondissements.

— Qu'est-ce que tu trouves drôle? demandé-je, offensée.

— Que tu puisses pas vivre sans brassière.

— Hein?

— Quand tu te débarrasses de ta vieille, t'en as besoin d'une neuve tout de suite. Ça te tente pas de te faire aérer la poitrine un peu?

— J'aime ça avoir du soutien. Pis c'est pas mon chum encore!

Mat roule des yeux.

— Je te donne une semaine.

— Qu'est-ce qu'on gage?

— Toutes tes brassières.

— Qu'est-ce que tu vas faire avec ça?

— Les vendre aux enchères sur eBay. Je vais enfin pouvoir m'acheter une maison.

— Pis si je gagne? Tu vas remplacer toutes mes vieilles brassières par des neuves?

— Toutes! dit Mat en me présentant la main, prêt à sceller le *deal*.

Sur cette poignée de main, je reçois un texto. Le son retentit dramatiquement dans la cuisine, faisant écho sur les murs. Je prends mon cellulaire et regarde discrètement le nom de l'expéditeur.

> Qu'est-ce que tu fais ce soir?

— C'est lui? demande Mari. Il veut que tu retournes en Suisse?

— Une semaine, répète Mat, cette fois à Marilou, certain de sa victoire prochaine.

— J'vais pas déménager en Suisse, mentionné-je pour la rassurer. Il habite ici.

Marilou m'arrache mon cellulaire pour voir le nom sur l'afficheur.

— François. C'est lui ?

Je fais signe que oui en reprenant mon cell.

15. Limite de vitesse

« *Slow down everyone,*
you're moving too fast. »
Jack Johnson

Mat avait raison.
Je vais perdre tous mes sous-vêtements.
Depuis une semaine, François et moi agissons comme un couple. Nous faisons l'épicerie ensemble, nous cuisinons ensemble. Nous dormons dans le même lit toutes les nuits. Il me conduit chaque matin au travail, vient me chercher chaque soir, et on trouve le moyen de s'ennuyer assez pour dîner ensemble tous les midis.

Je ne vois plus mes amis, je n'utilise plus mon vélo et j'ai du mal à me concentrer au travail. Me retrouver dans ses bras est la seule chose qui compte. Si je mourais demain, je serais heureuse.

François est étendu sur son lit, vêtu d'un jeans et d'un t-shirt. En sous-vêtements, je me tiens à quatre pattes par-dessus lui. On se regarde droit dans les yeux. J'ai envie de lui dire qu'il est génial. Il caresse mes bras nus doucement. Je suis en train de penser que c'est sûrement la dernière fois que je porte ce *kit* en dentelle ; un de mes plus beaux. Je l'aime. François, pas le *kit*. J'ai envie de le lui dire. Et j'ai l'impression que lui aussi. Mais j'aimerais qu'il le dise en premier.

Dis-le !!!

Je ne veux pas être celle qui aime plus. Celui qui aime en premier s'expose à être vulnérable, à s'avouer fragile. C'est épeurant de sortir de sa tranchée : soit tu reçois une balle droit au cœur, soit ton adversaire traverse le champ de bataille à ta rencontre pour joindre sa force à la tienne.

« Je t'aime » : ces mots compromettants me brûlent le bout de la langue. Je me retiens.

— À quoi tu penses ? me demande-t-il.

Il le sait tellement. Il veut juste me le faire dire. Gênée, je fais non de la tête de manière à lui signifier : « Rien d'important. »

— Non ? Tu penses à rien ?

— Je pense que c'est trop tôt pour le dire…

François sourit.

— Tu penses ? Moi, je pense pas…

Je l'embrasse pour éviter la conversation.

Pour ce genre de situation, j'aimerais qu'il y ait un règlement, un protocole à suivre, un diagramme. Sept jours me semblent déraisonnables pour s'avouer amoureux.

Je le connais à peine. Et puis, il ne porte pas de parfum. Il ne sent rien. J'avoue que ça m'inquiète un peu. Il va falloir aller lui magasiner une odeur.

François remarque le gros débat dans mes yeux. Il me saisit par la taille et me fait rouler sous lui.

— Y a l'air de s'en passer, des choses, là-dedans… dit-il en m'embrassant.

— Non… ben… je me demandais juste si on était exclusifs…

Est-ce que c'est trop tôt pour dire je t'aime ?

Êtes-vous allés sur au moins 5 *dates* ?
— Non → **Connais-tu son profil d'investisseur ?**
— Son quoi ? → **Oublie ça, c'est trop tôt !**
— Oui ↓

Est-ce que tu connais son signe astrol ?
— Oui ↓
— Non → **Prenez-vous votre douche ensemble ?**

Connais-tu son profil d'investisseur ? — Oui → **Est-ce que tu connais son signe astrol ?**
Non → **Avez-vous couché ensemble ?**

Avez-vous couché ensemble ?
— Pas encore → **Tu es cinglée.**
— Oui, c'était malade →

Êtes-vous exclusifs ?
— Non → **Prenez-vous votre douche ensemble ?**
— Oui ↓

Est-ce que tu as rencontré ses parents ?
— Non ↓
— Oui →

Prenez-vous votre douche ensemble ?
— Oui ↓
— (Non ↑)

Est-ce que tu lui arraches sa petite peau morte de coup de soleil ?
— Oui → **Est-ce que tu as rencontré ses parents ?**
— Ark, non → **Est-ce que vous vous tenez la main en public ?**

Est-ce que vous vous tenez la main en public ?
— Oui → **Dormez-vous toutes les nuits dans le même lit ?**
— non → **C'est juste un amant, fais-toi pas d'idée.**

Est-ce qu'il tient tes cheveux quand tu vomis ?
— Oui ↓
— Non → **Est-ce que vous vous souhaitez bonne nuit par texto tous les soirs ?**

Dormez-vous toutes les nuits dans le même lit ?
— Oui → **Est-ce qu'il tient tes cheveux quand tu vomis ?**
— Non → **Est-ce que vous vous souhaitez bonne nuit par texto tous les soirs ?**

Est-ce que vous vous souhaitez bonne nuit par texto tous les soirs ?
— Non → **C'est juste un amant, fais-toi pas d'idée.**
— Oui → **Laisse-le le dire en premier.**

Est-ce que ton cœur va exploser si tu ne lui dis pas ?
— Oui ↓
— Non → **Dis rien si t'es pas sûre !**

Qu'est-ce que tu attends alors ?

— Moi, je vois personne d'autre en tout cas…

— Moi non plus…

— As-tu d'autres questions faciles comme celle-là?

Je fais signe que non.

— C'est tout? me demande-t-il, semi-déçu.

J'hésite une seconde fois à lui dévoiler mes véritables sentiments. C'est lui qui va le dire en premier, pas moi.

— Oui, c'est tout.

Il m'embrasse comme un coq qui picosse son maïs concassé pour niaiser. Je me mets à rire et l'arrête en repoussant sa poitrine. Il recommence quand même. Je me faufile pour me relever.

— Mes amis se demandent si je suis toujours en vie, dis-je. Je leur ai promis d'aller bruncher ce matin.

— OK.

— Est-ce que tu voudrais venir?

— Tu veux que je vienne?

— C'était une invitation, oui.

— Tu veux pas leur parler de moi sans que je sois là?

— Une autre fois! Tu peux le dire si ça te tente pas.

— Si toi ça te tente, moi ça me tente! Est-ce que je suis assez beau comme ça?

Il me pointe son habillement. Une chemise aurait fait moins banal pour une première rencontre et lui aurait donné plus de crédibilité aux yeux de Mat, mais… pourquoi je me soucie de l'opinion de Mat?

— Oui, t'es parfait!

— Toi aussi, t'es parfaite comme ça!

Il m'arrache des mains la robe que j'allais enfiler et la jette par-dessus son épaule. Il me prend dans ses bras et me fait tournoyer de bonheur dans les airs.

***

François stationne sa voiture devant chez moi. Nous débarquons. Je fais le tour de la jeep. Il m'intercepte pour m'embrasser passionnément, heureux comme un fou. Je l'évite.

— Je t'aime, dit-il.

Je souris comme une conne; mon cœur veut exploser.

— Moi aussi! dis-je en me retenant pour ne pas crier.

Il dépose un dernier baiser sur mes lèvres. C'est dur de se lâcher! Marilou va détester ça! Aussi bien faire le plein maintenant avant de gosser tout le monde avec nos démonstrations affectives. On s'élance pour traverser la rue en direction de mon appartement, sourire aux lèvres, main dans la main.

Puis, je m'arrête brusquement en plein milieu du chemin.

Sur le pas de la porte, Philippe est là, tenant un sac en plastique, l'air d'être tombé des nues. Je ne crois pas l'avoir jamais vu déstabilisé ainsi. Il a assisté à notre embrassade passionnée et semble sous le choc.

À la vue de mon expression de malaise, François comprend à qui il a affaire. Il fuit le regard de Philippe, cherchant à éviter la confrontation. C'est à son tour d'assister à un moment trop personnel. Il aimerait que je lui indique la marche à suivre, mais je suis clouée sur place.

— Veux-tu que j'aille attendre dans l'auto? dit François, d'un calme plat.

Je voudrais en effet qu'il disparaisse, mais je ne peux pas lui demander cela.

— Je vais aller me chercher un café, annonce-t-il.

— OK… Ce sera pas long… dis-je, mal à l'aise.

À l'intérieur de moi, je suis soulagée de son initiative.

— Prends ton temps, me répond-il avec toute la compréhension du monde.

François embarque dans sa voiture. Je remarque que les deux gars se regardent brièvement à travers la vitre qui les protège l'un de l'autre.

Je m'avance vers Philippe, qui s'approche aussi de moi tranquillement. Il cache sa tristesse derrière une colère contrôlée. Considérant qu'il vient d'apprendre grâce à un visuel qui ne ment pas que j'ai un nouveau chum, je le trouve plutôt calme.

— Ça fait combien de temps?

Combien de temps que je le connais? Combien de temps qu'on se fréquente? Ou combien de temps que je suis amoureuse?

— Qu'est-ce que ça change? dis-je, rancunière, reprenant les mots qu'il m'a balancés lors de notre séparation.

— Combien de temps? insiste-t-il.

— Ça fait une semaine qu'on se fréquente. Je l'ai rencontré à mon souper-bénéfice.

Il ne semble pas me croire.

— Je t'ai pas trompé, Phil.

— T'avais besoin d'aller voir ailleurs?

— C'est toi qui as toujours eu besoin d'ça, pas moi. L'as-tu finalement baisée, ta stagiaire au bureau? Ton hygiéniste dentaire? Pis la caissière à la fruiterie?

Phil esquisse un petit sourire diabolique. Je m'en doutais bien.

— Même si j'ai fait ça, dit-il, je l'sais que, nous deux, c'est meilleur qu'avec n'importe qui d'autre. Toi, tu vas me dire que c'est meilleur avec lui?

— C'est pas à cause de lui que je t'ai laissé. C'est à cause de nous deux. Ça marchait pu.

— Pis tu penses qu'avec lui ça va marcher plus?

— Je sais pas. Mais lui, au moins, il aime passer du temps avec moi! Pis j'ai pas besoin de lui demander de me faire sentir que j'existe. Pis il aime le poisson. Je suis plus capable de manger du filet mignon.

— Tu fais une erreur, Amé.

— J'pense pas, non. L'erreur, ç'a été de revenir ensemble les trois dernières fois qu'on s'est séparés. Phil... J'me suis pas ennuyée de toi en voyage. En fait, j'ai réalisé que je m'emmerde avec toi! Je suis tout le temps déçue pis en colère qu'on fasse rien ensemble. Cet été, je veux faire des pique-niques, des promenades à vélo. Je veux aller voir des spectacles, prendre des verres sur des terrasses avec mes amis.

— Tu peux faire tout ça sans moi.

— Ben, moi, ça me tente de faire ça avec mon chum aussi. T'as jamais été intéressé à connaître mes amis. Quand tu viens chez moi, on s'enferme dans ma chambre pour regarder des films, pis si j'ai pas envie de baiser, tu t'en vas! Tu sais jamais à quelle heure tu vas partir du bureau. Tu me fais toujours attendre, comme si, moi, mon temps, il n'était pas aussi important que le tien. Je passais toujours en deuxième quand t'avais rien de mieux à faire. Tu faisais pas attention à moi!

Phil s'approche et me prend par les épaules doucement.

— Maintenant que tu m'en parles, je vais faire des efforts.

En reculant, je réponds :

— Y est trop tard. J'en veux pu de tes efforts! Je veux que tu t'en ailles.

Phil me regarde, défait et triste.

— T'es en train de tout ruiner. Je t'aime comme un fou, Amé. Y a jamais personne qui va t'aimer autant que moi. Pas lui, pas personne d'autre. Jamais.

Phil repart dans sa vieille Audi. Il a indéniablement réussi à planter une graine de doute en moi. Un frisson me parcourt le corps. Est-ce sage de balancer quatre ans de relation par la fenêtre pour une amourette de voyage? Suis-je en train de faire la pire erreur de ma vie?

16. La parade du paon

« *Man is a military animal,*
glories in gunpowder and loves parade. »

Philip James Bailey

Philippe a toujours été très combatif. Je devais être sotte de penser qu'il me laisserait partir sans se battre. C'est dans sa nature d'avocat de réfuter, de se buter, d'argumenter, tout cela dans le seul et unique but de gagner. Philippe est un homme de mots. J'ai du respect pour les hommes de mots, car je n'en suis pas une. Je suis une fille de chiffres. Philippe est souvent capable de traduire mes pensées et de les exprimer à ma place, pendant que moi je calcule et je mesure les conséquences de celles-ci. Philippe connaît mon ADN mieux que moi, et moi le sien.

Se connaître mutuellement à un tel niveau, c'est comme savoir parler le langage des programmeurs informatiques : en formulant des algorithmes précis, on peut manipuler et contrôler le système nerveux central des autres programmeurs, les infecter, les faire planter ou exploser.

Ce genre de connaissances s'avère problématique, voire dangereux.

À l'approche de mon nouveau bureau de planificatrice financière, je ressens une certaine inquiétude. J'accélère le pas. Quelqu'un a changé les couleurs et la décoration sans ma permission. Je n'aime pas le changement et, surtout, je prône la sobriété au travail, car cela favorise la concentration.

Ce que je vois est beaucoup trop fleuri : c'est un problème et non un beau cadeau.

Quelqu'un m'a livré une serre entière de pivoines rouges, blanches et multicolores ; ma fleur préférée.

Un gigantesque bouquet se met à tressaillir. Murielle en surgit, complètement dépassée, et sursaute à ma vue.

— Oh ! Amélie ! Vos clients, ils le savent qu'en étant devenue planificatrice financière vous n'êtes plus leur conseillère ? Pourquoi autant de bonheur, dites-moi ?

— Ça vient pas de mes clients, Murielle.

— Eh bien, vous direz à votre nouveau prétendant qu'il aurait mieux fait d'investir tout cet argent gaspillé dans un fonds de floriculture.

— Ça vient pas de mon nouveau chum non plus.

Je prends la petite carte dans le gros bouquet devant moi.

— Alors du coup, vous avez affaire à un fou, c'est évident !

— Je sais…

Le mot « pivoine » veut dire « plante à guérir ». Chez les Grecs, comme chez les Chinois, la pivoine est reconnue pour ses vertus curatives. Péon était l'un des plus grands dieux guérisseurs grecs ; il pouvait soigner les pires blessures de guerre, comme celles qui nous affligent, Philippe et moi. En Chine, la pivoine est considérée comme la reine des fleurs et orne les palais impériaux. C'est un symbole de richesse et d'honneur.

Si Philippe me fait livrer des pivoines, c'est qu'il veut me dire que nous pouvons NOUS guérir. Et son choix de couleurs n'est pas aléatoire. Chaque couleur transmet un message.

– Pivoine multicolore : « Ta beauté nourrit mon désir pour toi. »

– Pivoine rouge : « J'ai pour toi un désir charnel ardent. »

– Pivoine blanche : « Je suis heureux de t'aimer. »

Je remarque qu'il n'y a aucune pivoine rose. Philippe a pensé à tout. La pivoine rose signifierait qu'il m'aime, mais qu'il est trop timide pour me l'exprimer. Ce qui n'est pas le cas.

Dans la petite carte, il est inscrit : « Je n'ai aucune gêne à t'aimer. Et je n'aurai aucune gêne à te le montrer désormais. »

La carte a été éclaboussée de son parfum Dior. Je la hume en fermant les yeux. Je me remémore quelques souvenirs, puis je la jette au bout de mes bras.

Je m'assois dans mon jardin royal.

Cette démonstration passionnelle ne changera en rien ma décision.

Quand François vient me chercher au bureau ce soir-là, il ne peut pas être plus étonné de ma popularité.

— Wow ! Est-ce que ça vient de…

Avant qu'il puisse dire le nom de Philippe, je réponds du tac au tac :

— Mes clients.

— Ils sont si contents que ça de te perdre ?

Je trouve une autre excuse, prise de court :

— En fait, c'est ma fête.

— Aujourd'hui ?

Je réfléchis un instant à ce mensonge et jusqu'où je vais devoir le traîner. N'ayant rien de mieux et ne voulant pas l'inquiéter avec les folies passagères de mon ex, j'acquiesce.

— Je pensais que c'était en mars ! C'est ça qui est écrit sur ton profil Facebook ! affirme François, certain de ce qu'il avance.

— J'ai marqué n'importe quoi…

— Bon, je suis désolé…

François aurait aimé être à la hauteur de tous ces bouquets pour mon premier anniversaire en sa compagnie. Un mal pour en éviter un autre, c'est ce que je me dis.

— Ben non, voyons, tu pouvais pas savoir!

— Dans ce cas-là, ta fête commence maintenant. Qu'est-ce qu'ils font, tes amis?

— T'es vraiment pas obligé…

— Je le sais, mais je veux. Par exemple, je veux surtout pas que tu sois déçue… donc je préfère t'avertir tout de suite.

— Quoi?

— Je te donnerai pas de fleurs cette année.

— Tant mieux, dis-je en riant.

— Pas que je veux pas, mais il doit pu en rester nulle part.

17. La fraternité

«Ce qui se construit sur le mensonge ne peut pas durer.»

Marc Lévy

«Faire pleurer quelqu'un en lui disant la vérité est mieux
que de le faire sourire en lui racontant un mensonge.»

Paulo Coelho

François s'approche dans l'obscurité avec un gâteau
au chocolat éclairé de deux chiffres en cire: Il me
chante un joyeux anniversaire à l'unisson avec Marilou
et Mat, qui me fixent comme deux otages qu'on tient
en joue. François, lui, semble fier d'avoir improvisé
ma fausse fête à la dernière minute.

Marilou cache difficilement son malaise. Elle
déteste les pieux mensonges. Mat, quant à lui, semble
secrètement se bidonner devant cette mise en scène. Je
connais ce sourire: il est en train d'évaluer la valeur de
la dette que j'aurai envers lui. Une dette que je devrai
rembourser au centuple sous peine de voir mon histoire, bien ponctuée de son opinion, publiée sur son
blogue. En fait, je suis persuadée qu'il prend des notes
mentales en ce moment, tout en jubilant à l'idée que

cette chronique est celle qui lancera sa carrière de journaliste sans frontières.

Je l'entends déjà me lancer sa devise au visage : « Sans une presse libre, aucun combat ne peut être entendu. » Et le combat qu'il voudra mener avec sa publication sur ma vie amoureuse sera de mettre en évidence que, dans les relations hommes-femmes, les hommes peuvent aussi être des victimes du sexe opposé.

Bref, je sens que je vais le regretter.

Je souffle sur mes fausses bougies, en faisant mon faux vœu : je souhaite que Philippe ne vienne pas saboter ma nouvelle relation.

— Bonne fête ! dit Mat en me lançant un regard sournois.

— Bonne fête… ajoute Marilou, mal à l'aise.

— Bonne fête ! dit François, amoureux.

Faussement heureuse, je leur réponds :

— Merci…

François coupe le gâteau et sert un morceau à chacun.

Après le débarquement de Philippe chez moi et le brunch de présentation de François avorté, il ne pouvait pas y avoir de meilleure manière d'introduire mon nouveau chum à ma gang, c'est-à-dire lui derrière son fourneau.

Un homme qui invite tes amis à souper chez lui pour les rencontrer prend une longueur d'avance considérable sur la première impression que ceux-ci pourraient se faire de lui.

François a *scoré* avec ses rouleaux de printemps végé et son poisson au four. La seule chose qui lui a fait perdre des points majeurs, c'est le vin. Si nous avions pu visiter le vignoble en Suisse, comme nous l'avions prévu, plutôt que la mine de Bex, le repas aurait sûrement eu plus de chances d'être accompagné de bon vin plutôt que de gros sel.

Marilou n'y a vu que du feu. Pour elle, du jus de raisin ou du vin, c'est du pareil au même. Elle peut garder une bouteille de rouge au réfrigérateur six mois et nous en offrir un verre sans aucun scrupule. Je prends régulièrement l'initiative de jeter ses restants et de les remplacer par de nouvelles bouteilles sans qu'elle le remarque.

Mat, lui, a tout vu : mon sourire pincé à la vue de l'étiquette, mon nez plissé et ma coupe encore pleine, que j'ai systématiquement refusé qu'on remplisse tout au long du souper.

Premièrement, avec un saumon *a la plancha*, on boit du blanc, pas du rouge. C'est la première règle des accords. C'est comme porter une robe verte avec des accessoires rouges ; c'est non, à moins que ce soit Noël et que tu sois vraiment quétaine !

Le chardonnay, le viognier et le chenin blanc auraient été mes cépages de choix. Si François préfère le rouge au blanc, j'aurais tendance à lui dire : « Vas-y mollo avec un pinot. » C'est facile à retenir : ça rime.

Le pire choix qu'il pouvait faire était d'acheter un shiraz australien, qui écorche le palais et tache les dents. Malheur à moi, il l'a fait.

Certains disent que, l'enfer, c'est de mourir brûlé. Moi, je dis que c'est d'avoir une trace de vin autour de la bouche sans le savoir… comme Marilou en ce moment.

— Super bon, ton gâteau, François ! dit Marilou avec sa trace de vin.

— J'ai trouvé une chocolaterie suisse, dit-il, tout fier. J'espère que ça va pas te tomber sur le cœur, affirme François en faisant référence aux nausées que j'ai eues en sortant d'une boutique Lindt à Genève.

— Comme ça, tu es un épicurien, toi, François ? demande Mat, l'air de rien.

Je fronce les sourcils et jette un regard à Mat, l'air de dire : « Qu'est-ce que t'essaies de faire ? » Il me renvoie un sourire niais.

Ça y est. Il se lance. J'imagine Mat avec sa machette en train de se frayer un chemin dans une jungle épaisse pour sortir François de toute cette broussaille. J'angoisse. Je sais que j'ai affaire à un pro. Je tente d'attirer son attention en secouant la tête. Marilou perçoit notre communication et essaie de la décoder pour faire partie de la gang.

François se sent attaqué par la question. Plutôt que de se défendre, il hausse les épaules et reste détendu.

— Ça dépend… C'est quoi ta définition d'épicurien? C'est-tu «être snob»?

François soutient le regard de Mat quelques secondes. La compétition entre les deux hommes est palpable.

— Moi, je pense que les snobs sont définitivement épicuriens, mais je ne suis pas certain du contraire par contre, répond Mat, intelligent.

— Être épicurien, c'est aimer la bouffe pis le vin, hein! Moi, je te trouve épicurien, dit Marilou, qui apprécie visiblement son repas.

Je précise:

— Être épicurien, c'est jouir de tous les plaisirs, pas juste ceux de la table.

— Comme jouir d'un souper d'anniversaire impromptu, lance Mat pour me provoquer.

— Exact! ajouté-je pour clore la discussion.

Mat essaie de remplir mon verre à moitié plein. Je l'en empêche d'une main:

— Non, merci.

— Le trouves-tu bon? me demande François.

— OUI!!! Oui, y est… bon… y est corsé.

— *Cool*. C'est un de mes préférés.

— T'es sûre que t'en veux pas d'autre avant qu'on la vide? me demande Mat.

— Certaine. Depuis la Suisse, j'essaie de faire attention…

— Ah oui? fait Mat, surpris.

— Oui, dis-je avec de minuscules fusils dans les yeux.

— Tu dois trouver ça difficile!

Mat se tourne vers François et ajoute à son intention :

— Amé aime tellement ça, le bon vin !

— Oui, mais François et moi on a dû boire au moins une bouteille chaque soir cette semaine.

— Mais là, c'est ta fête ! dit François, insistant. Tu peux bien te permettre ça !

— Ouin ! C'est ta fête ! Regarde le petit crocodile sur l'étiquette. Il te dit : « Tu commenceras à faire attention demain ! » me nargue Mat en agitant la bouteille devant moi.

— Non, non. C'est gentil… j'veux pas m'endormir trop tôt…

François se lève pour aller à la salle de bains.

— Ah ben là ! Si c'est pour ça… dit-il en déposant un doux baiser sur mes lèvres.

Marilou, un peu soûle, roule des yeux. Les démonstrations affectives l'agacent.

— Je vais la finir, moi ! dit Marilou pour faire taire tout le monde. Du vin de dépanneur, c'est tout le temps ça que je bois d'habitude.

François est un tantinet insulté, mais n'en fait pas de cas.

— C'est pas de la piquette ! C'est du bon vin, ça, dit-il.

Il ferme la porte des toilettes. Le champ est donc libre pour obtenir le verdict de mes amis à propos de mon nouveau chum. Marilou se lance, tout à fait honnête :

— Moi, je l'aime. Y est fin.

Je suis soulagée. Je me tourne vers Mat, qui me paraît ambivalent.

— Moi, si j'étais toi, je le sensibiliserais à sa consommation excessive de sodium, dit-il, blagueur, en pointant le gros sel dans le fond de son assiette.

Je lui donne une petite claque sur le bras, il se met à rire.

— C'est sérieux ! Dis-moi ce que tu penses pour vrai !

— Es-tu sûr que c'est ton genre? Il me semble que tu fais dans les extrêmes.

— Qu'est-ce que tu veux dire? demandé-je, sur la défensive.

— Phil, c'était un mâle alpha. Un mâle alpha vraiment laid qu'on déteste, précise Mat pour me faire plaisir.

— Merci, acquiescé-je.

— Mais c'était quand même un chef de meute. Lui... Je sais pas. Il me paraît un peu...

— Un peu quoi? insisté-je en chuchotant pour qu'il se dépêche avant que François revienne.

— Un peu... mollasse, mettons?

Je grimace tout en réfléchissant sérieusement à cette observation: l'objectivité de Mat est importante pour moi. Tout comme Marilou, il a un droit de veto; j'ai besoin de son sceau d'approbation pour aller de l'avant avec François. Marilou s'empresse de se ranger à mes côtés:

— Ça s'appelle «être amoureux». C'est normal que ça te paraisse bizarre, tu l'as jamais été, répond-elle avec vigueur.

Mat fait un petit sourire niais, peu affecté par l'attaque de Marilou, et lève l'index pour placer un mot, mais celle-ci se tourne vers moi pour me rassurer:

— C'est un chef de meute, François; regarde tout ce qu'il a fait pour ta fausse fête. Écoute-le pas, il se sent menacé.

Mat prend la parole et rectifie le tir:

— Non... Tu vois, moi, je suis capable de faire la différence entre «être amoureux» et «être poisson».

Les paroles de Mat sèment le doute en moi. Sans le vouloir, j'ai testé la crédulité de François et il ne passe pas le test.

— Est-ce que tu y tiens, à ce gars-là? me demande Mat, sérieux pour la première fois de la soirée.

— Oui! Ben, j'pense... je le sais pas, je le connais presque pas.

— Si vous voulez apprendre à vous connaître, faudrait que tu commences par lui dire la vérité sur ta date de naissance, suggère Marilou.

— Imagine, tous les matins, il va te lire le mauvais horoscope, blague Mat.

— S'il t'aime, il va comprendre que Phil capote, déclare Marilou. Dis-lui tout!

— Décroche-lui son hameçon, acquiesce Mat.

— Que ceux qui veulent qu'elle lui dise la vérité lèvent la main, annonce Marilou en levant le bras bien haut.

Mat me montre également sa main en signe d'appui. François sort de la salle de bains alors que mes deux amis ont la main en l'air. Mat passe la sienne dans ses cheveux et Marilou s'étire en bâillant.

— Eille, y est tard, hein? Nous, on va y aller, hein, Mat? lance Marilou en se levant. Merci pour la belle soirée de… de… célébration, François. On est contents de t'avoir rencontré.

— Oui, dit Mat en serrant la main de François. Bonne chance!

— Pour?

— T'en as pas choisi une simple!

Marilou pousse Mat vers l'extérieur.

— Comme ça, t'es pas simple? me demande François.

— Ma fête, c'est en mars. Je suis Poissons. Les fleurs viennent de mon ex. Il veut qu'on revienne ensemble. Je voulais pas t'inquiéter avec ça. J'ai paniqué. Pis avec du poisson, moi, je préfère du vin blanc.

François se met à rire.

— T'es pas fâché?

Il continue de rire.

— Tu trouves ça drôle?

François m'embrasse. Il m'aime exactement comme ça.

— Je suis pas fâché. Je te trouve géniale.

18. Déclarée coupable

«Aucun montant de culpabilité
ne pourra résoudre le passé et aucun degré d'anxiété
ou d'inquiétude ne changera le futur.»

Message
aujourd'hui 02:48

As-tu reçu mon cadeau?

03:12

Es-tu avec lui?

03:13

Je déteste quand on se laisse en chicane.

03:18

J'arrête pas de penser à nous.

Il fait noir dans la chambre de François, mais une lumière bleutée illumine toute la pièce. Mon cellulaire vibre à répétition sur la table de chevet.

— Y a quelqu'un qui essaie de te joindre... dit François, endormi dos à moi.

Je prends mon cell et lis les nombreux messages de Philippe.

— C'est qui?

— Personne...

J'éteins mon cellulaire. Je me blottis contre François. Ma joue sur son dos me fait oublier tous mes tracas.

***

Au petit matin, François n'est plus à mes côtés. Je m'étire le bras pour prendre mon cellulaire. Je l'allume et constate les dégâts.

05:21

J'arrive pas à dormir sans toi.

05:37

Réponds-moi svp.

05:52

Comment tu fais pour être avec lui en ce moment?

05:59

Tu peux pas faire ça.

06:14

Après tout ce qu'on a vécu. T'as pas de cœur.

06:15

T'es la femme de ma vie.

07:01

Es-tu disponible pour déjeuner?

François entre dans la chambre avec deux belles assiettes.

— Petit-déjeuner pour la fêtée!

Je cache rapidement mon cellulaire sous les couvertures. François m'a vue, mais mon extase devant son initiative camoufle temporairement mon geste.

Dans l'assiette, il y a deux œufs pochés, du gravlax, une baguette et quelques petits fruits. Selon mes souvenirs, Philippe ne m'a jamais apporté le déjeuner au lit. C'est le retour du balancier.

— Est-ce que tout est correct?

— Correct??? Ç'a l'air super bon!

François me fixe. Il ne parle pas du déjeuner. Je lui dois une explication.

— Phil va pas super bien…

— Il va s'en remettre.

— Je sais, mais ça me fait de la peine de lui faire de la peine.

— Tu lui fais pas de la peine, tu fais mal à son ego. C'pas pareil. Pis le sien avait l'air pas mal enflé. Ça va juste lui faire du bien…

— C'est juste que je l'ai jamais vu capoter de même avant, dis-je, de plus en plus anxieuse en mangeant mon gravlax.

— Il capote parce qu'il est pas capable d'endurer de s'être fait remplacer. *That's it.* Chaque fois que tu réponds, tu lui ouvres une porte.

— Je trouve ça méchant de pas répondre…

— T'es pas la personne qui peut lui faire du bien en ce moment. À moins que tu décides de retourner avec…

— Non! J'veux pas.

— Embarque pas dans son jeu d'abord.

Je fais signe que oui en mangeant mes petits fruits, pensive.

***

Je cogne à la porte de chez Philippe. Ça me fait penser que j'ai toujours sa clé. Je dois la lui redonner. Il m'ouvre, l'air abattu, en peignoir. Véritablement triste. Ça vient me chercher dans le ventre de le voir ainsi. Je voudrais le soulager. Je me sens coupable de lui faire autant de mal.

— Salut, me dit-il d'une petite voix.

— Salut…

J'entre, sur mes gardes.

— Merci d'être venue.

— Phil, tu peux pas me texter comme ça pendant la nuit.

— Je le sais… J'avais bu, je m'excuse.

Il me serre dans ses bras. Je sens sa douleur, il tremble. Comment est-ce possible qu'un homme aussi fort se retrouve au dernier sous-sol par ma faute? J'essaie de mettre un terme à cette caresse interminable, mais il m'en empêche.

— Phil…

— Deux secondes. Deux secondes encore.

Je me tais et le laisse faire le plein de réconfort.

— Ça me fait du bien. Crisse, j'ai mal. Comment tu fais?

— Comment je fais quoi?

— Pour passer à autre chose aussi vite. Comme si on avait jamais existé.

— Ça n'enlève rien à ce qu'on a eu.

— Je comprends pas… T'es aussi à l'aise avec lui qu'avec moi?

— Ben… c'est encore nouveau.

— Vous prenez votre douche ensemble?

— Phil… dis-je, en désaccord avec le sujet de conversation.

— Je veux savoir.

— Non.

— Tu lui fais des *strip-teases*?

— Ça te regarde pas…

— Est-ce qu'il t'a vue pleurer?

— Il m'a pas donné de raison de pleurer…

— Tu te sens bien nue, laide, malade ou soûle devant lui?

— On apprend encore à se connaître.

— Tu veux recommencer tout ça avec quelqu'un de nouveau? J'ai investi dans toi, moi!

J'ai un moment de recul, insultée.

— Je suis pas ton investissement!

— Tu sais ce que je veux dire. Quand je t'ai connue, tu voulais même pas qu'on se tienne la main en public. Tu savais pas comment agir en couple. Je t'ai montré comment aimer. Pis là, tu t'en vas aimer quelqu'un d'autre?

Je baisse la tête tout en retirant sa clé de condo de mon trousseau pour la lui remettre. Philippe a raison. Il prend mon visage entre ses mains. Il tente de m'embrasser, mais j'esquive le baiser.

— Non…

— J'ai envie de toi, dit-il en déposant son front sur le mien.

Je lui tends la clé, mais il prend plutôt ma main et la dépose sur son sexe bien dur à travers sa robe de chambre.

— Regarde ce que tu me fais.

Ma main repose sur la poignée qui ouvre sur le monde de l'infidélité. Le plus difficile, c'est de franchir le seuil une première fois. C'est comme tricher à son serment de sobriété lors d'un défi d'un mois sans alcool. C'est une tache au dossier qui ne s'efface jamais. Mais quand c'est taché, à quoi bon continuer de faire attention?

Pendant une fraction de seconde, je ne sais plus qui est mon chum, qui j'ai trompé et à qui je dois ma fidélité.

— Phil, non. C'est pas une bonne idée.

— Pour qui?

— Pour moi, je veux pas tromper…

Il me prend par le cou pour me garder près de lui.

— Si j'peux pas t'avoir, laisse-moi au moins te prendre en photo. Peux-tu me donner ça?

Je pense au défi sans alcool. Se faire prendre en photo, ce serait comme me mouiller les lèvres sans vraiment prendre la gorgée. Ce n'est donc pas vraiment tricher. Tant que t'avales pas. Philippe me regarde dans les yeux; il fait pitié.

— Je veux me souvenir de toi sans lui dans ma tête.

Les cellules narcissiques de mon ADN aiment qu'il souhaite autant s'accrocher: ça augmente leur valeur à la bourse de mon estime.

Comme je ne proteste pas et qu'il a toujours sa main dans la mienne, Philippe me tire vers la chambre.

Une caméra photo reflex ultra-professionnelle, surmontée d'une grosse lentille, est sur sa table de chevet. Il avait prévu le coup. Suis-je si prévisible?

— Depuis quand t'as ça? demandé-je en pointant l'appareil.

— Je l'ai achetée hier. J'ai lu le manuel. C'est assez *basic* comme jouet. N'importe qui est capable de prendre des photos avec ça!

L'objectif de rabaisser François à mes yeux est flagrant. Philippe tient l'appareil maladroitement. Une caméra dans ses mains détonne autant que s'il tenait une flûte de Pan. Il n'a jamais été du type artiste. Mais quand il entre dans la chambre à coucher, son imagination est sans bornes.

— Est-ce qu'on peut faire ça dans le salon?

— La lumière est meilleure ici.

Il a des notions d'éclairage, maintenant? Je souris intérieurement: c'est *cute*, sa jalousie envers les connaissances de François. Clairement, il veut prouver quelque chose.

Je m'assois sur le lit dans ma petite robe d'été. De manière à laisser entrer un seul rayon de soleil, Philippe ferme le rideau de la chambre que j'avais installé à l'époque pour mieux dormir le matin. Il tente de prendre quelques clichés de mon visage de très près, mais, pour une raison qu'il ignore, lorsqu'il appuie sur le déclencheur, rien ne se produit. Il appuie de plus en plus fort, agacé.

— Voyons! Pourquoi il veut pas?

Moi, je sais quel est le problème, mais j'hésite à m'en mêler. Philippe s'impatiente.

— Y a pas assez de lumière, dis-je.

— Ben oui, y en a assez. Ça prend des photos dans le noir, cette affaire-là.

— Pas quand t'es sur l'autofocus.

Philippe n'a pas l'air de comprendre mon langage.

— Mets-le en mode manuel.

Je pointe le bouton près de la lentille. Philippe modifie le réglage et appuie de nouveau sur le déclencheur. CLIC!

— Comment ça, tu connais ça, toi? demande-t-il d'un ton *cute*.

— Veux-tu vraiment le savoir?

Philippe perd de sa légèreté et comprend que François a quelque chose à voir là-dedans. Il change de sujet.

— Défais tes cheveux.

— Tu te prends vraiment au sérieux, lancé-je, blagueuse, pour éliminer la connotation sexuelle qui pourrait exister dans l'acte de retirer mon élastique.

Mes cheveux tombent sur mes épaules. Philippe ramène une mèche devant mon visage.

Clic.

Il fait tomber la bretelle spaghetti de ma robe de manière à dénuder mon épaule complètement.

Clic.

Il pousse sur ma clavicule pour me faire tomber à la renverse. Je m'étends sur le lit.

Clic.

Il tire sur ma bretelle davantage pour découvrir mon sein, qu'il effleure.

Clic.

Il dirige ma main sur mon sein.

— Touche-toi.

Philippe n'a jamais eu de difficulté à diriger la mise en scène. J'enlace mon sein avec ma paume et dépose mon menton sur mon épaule.

— Regarde-moi.

Je regarde tout droit dans la lentille. CLIC. Clic clic clic clic. Une rafale de clics automatiques se déclenche.

Philippe se place debout entre mes jambes. Il est imposant. Il laisse tomber la caméra sur sa poitrine, attrape mes deux jambes et me tire vers lui. Il soulève ma jupe sans hésitation.

— Non…

— Je te toucherai pas, promis.

Il lève ma robe. Il saisit ma culotte de chaque côté de mes hanches et la fait glisser jusqu'à mi-cuisses. Il se relève, admire le spectacle. Reprend l'appareil.

CLIC.

19. Le temps d'une paix

Quatre mois, zéro jour, dix-huit heures et quelques minutes.

« En temps de paix, le mercenaire dérobe ;
en temps de guerre, il déserte. »
Nicolas Machiavel

« Depuis le début de l'histoire, le monde a été en paix seulement deux cent soixante-huit années, soit 8 % du temps. »
www.saviezvousque.net

L a jeep de François est une poubelle. Sous mes bottes hautes, il y a des contenants de café à emporter, des petits sacs en papier brun et beaucoup de courrier ; certaines enveloppes n'ont jamais été décachetées. J'en ramasse une, puis une deuxième.

— Sont pas ouvertes, celles-là !

À voir leur état, je devine que ça fait longtemps qu'elles sont là. François hausse les épaules.

— Ce sont des lettres importantes, dis-je, ça vient du gouvernement...

— Je comprends pas ce qu'ils me veulent.

Moi, je vais comprendre. J'ouvre une lettre. Je la lis. Une inquiétude traverse mon visage lorsque je vois un montant exorbitant.

— Ça fait combien de temps que t'as pas payé ta TPS et ta TVQ?

— Ma quoi?

— T'en as jamais payé???

François fait non de la tête. J'ouvre l'autre enveloppe.

— T'es pu assuré chez toi depuis... février. Si tu passes au feu, tu perds tout.

— Je passerai pas au feu...

J'en ramasse une troisième et l'ouvre.

— *Oh my God!* François!

Il me regarde, mi-inquiet mi-stoïque.

— T'es rendu à mille deux cent quarante-trois dollars et soixante-seize cents de *tickets* de stationnement.

François apprend tout cela en même temps que moi. Je le sens ébranlé, mais il garde son air imperturbable. Du gros déni.

— On peut-tu *focuser* sur le *fun* qu'on va avoir?

— Ça n'a pas de bon sens!

— Amé, lâche ça, s'il te plaît. J'ai pas envie de penser à ça. Ça me tente de passer une belle soirée.

Je ne connais pas notre destination. Après quatre mois de vie de couple, François tenait à souligner notre «survie» avec une activité de son cru.

Il est vrai que, au cours des derniers mois, Philippe nous a mis dans une situation précaire. Ses messages envoyés par différents moyens n'ont jamais vraiment cessé; j'ai simplement appris à les rendre invisibles aux yeux de François.

Le problème est que mon anxiété est omniprésente. J'ai l'impression que, après la séparation, Philippe m'a lancé une tarte à la crème au visage, qui m'a beurrée d'incertitude. Dès qu'il m'adresse une invitation ou me presse de lui répondre, je deviens acerbe et renfrognée. C'est François qui écope de mon humeur. J'ai pensé bloquer le numéro de mon ex, mais, si j'étais à sa place, je ne voudrais pas qu'on ignore ma douleur. Je veux sincèrement qu'il aille mieux. Je veux le savoir bien et heureux.

François stationne sa voiture dans une rue étroite du Vieux-Port. Je lui demande :

— As-tu des problèmes d'argent ?

— Ben non. Je suis juste stressé avec ça. J'haïs ça.

— Je peux m'en occuper si tu veux.

François réfléchit un instant. Je vois qu'il est mal à l'aise d'accepter ce genre d'aide. J'insiste :

— C'est pas un effort pour moi. Pis ça me ferait plaisir.

François acquiesce et change de sujet :

— Es-tu prête ?

Je retrouve ma joie. Je regarde à l'extérieur pour trouver un indice.

— Qu'est-ce qu'on fait ?

— Un atelier de dégustation de vin.

— HEIN ! dis-je, stupéfaite et impressionnée par son initiative.

— Si on est censé boire du blanc avec du poisson, je veux savoir quel genre. Pu envie de me tromper.

Je lui saute au cou pour l'embrasser. Mon chum, c'est le meilleur. Je suis amoureuse. *Fuck* la *creampie* de Philippe. À partir de maintenant, je suis propre, je n'ai plus de résidus du tout.

***

J'entre dans l'appartement de François en titubant avec ma petite mallette en carton contenant les verres à dégustation qu'on nous a offerts à l'atelier. La trace de vin autour de ma bouche est la preuve du plaisir qu'on a eu.

— J'aurais dû cracher, dis-je.

Je m'effondre sur le divan. Puis, je me rassois, droite comme une barre, et annonce :

— Tes enveloppes ! Faut les ouvrir.

Ça tourne. François dépose sa mallette et m'embrasse.

— J'avais autre chose en tête... propose-t-il, charmeur.

La tête renversée en arrière, je lui fais un petit sourire niais.

— Je reviens, me dit-il en allant à la salle de bains.

Je prends mon cellulaire en attendant et *surfe* sur Instagram. J'ai vingt-deux *likes* sur la photo de François et moi à la dégustation.

Les gens aiment notre activité de couple.

Les gens approuvent.

Les gens me trouvent chanceuse.

Les gens nous trouvent beaux.

Les gens me confirment qu'on est *hot* ensemble.

Et les gens, eux, ils font quoi de mieux que moi ce soir? Voyons voir... Au même moment, une notification apparaît:

«*Phil wants to follow you.*»

Philippe est sur Instagram?. Étonnant. Depuis quand? Il a cinq photos seulement. Ce doit être relativement récent. Si je l'accepte, il va voir la photo que je viens de publier. Est-il prêt pour cela? Devrais-je le protéger? À moins que j'enlève la photo? C'est ma première avec François sur les réseaux sociaux... J'avais envie de partager mon amour.

En réfléchissant aux conséquences d'ouvrir ma vie à mon ex, j'espionne son profil non confidentiel.

La dernière photo qu'il a publiée a comme titre *My new baby*: une nouvelle Audi A4 de l'année. Wow! Elle est vraiment belle.

Je ne *like* pas sa photo. Je ne veux pas qu'il sache que je m'intéresse à ses frivolités.

François arrive derrière moi. Alors qu'il m'embrasse dans le cou, il remarque que je suis sur le compte Instagram de Phil. Il se recule brusquement.

— On vient d'arriver pis t'es déjà en train de l'espionner?.

— Non, dis-je sur la défensive, mais...

— Non? On passe une super belle soirée, on revient, pis t'es pas capable d'attendre de savoir ce qu'il fait?

— Il vient de m'ajouter sur Instagram, là. C'est pas de ma faute! Je l'ai même pas accepté encore, dis-je en me levant.

— Encore? Ça te tente qu'il voie tout ce qu'on fait pour mieux nous ruiner la vie?

— Non...

— Je suis écœuré.

François se passe la main dans les cheveux en se les tirant, pour trouver une manière de contrer son adversaire; une menace d'abord latente, mais qui est désormais bien manifeste. J'essaie de m'accrocher à son bras:

— François...

— Je fais tout, ostie.

Il se défait de moi. Je reste plantée là en oscillant sur place. Moi aussi, je suis écœurée. Écœurée de moi.

François part vers sa chambre mais, au même moment, une notification sur mon cellulaire fait craquer le lourd silence. Un autre message texte. François s'arrête brusquement. Je grince des dents; j'espère que ce n'est pas Philippe. François se retourne, revient sur ses pas.

— Viens-t'en.

— Où ça?

— Je vais te conduire chez lui.

— Hein? Non. Pourquoi? demandé-je, paniquée.

— Parce qu'y faut que ça arrête maintenant.

— Y a rien. C'est toi que j'aime. C'est toi qui es en train de gâcher la soirée.

— Ohhhhh non! Moi, je gâche rien. Moi, je suis sûr de moi. Moi, j'essaie d'être en couple avec toi comme un cave. J'en ai aimé, des filles, dans ma vie, pis y en a pas une pour qui j'aurais accepté ça. Fait que je t'aime en crisse.

— Je suis pas en état d'aller là.

François réfléchit un instant.

— Si c'est lui, dit-il en pointant mon cell, je te conduis là-bas.

J'ai peur de regarder mon cellulaire, mais je me soumets à ses désirs. J'y jette un coup d'œil discrètement. François me fixe. Je hoche la tête. C'était bien Philippe.

As-tu des plans ce soir? J'ai quelque chose à te montrer.

— *Let's go!* Sinon, c'est moi qui vais crisser mon camp bientôt.

François sort d'un pas déterminé. Je le suis, bredouille, en train de dégriser rapidement, considérant le revirement de situation.

20. Émo

« Quand les mots manquent, la musique parle. »

Hans Christian Anderson

François immobilise sa voiture devant l'édifice à condos de Philippe. Nous n'avons pas prononcé un mot depuis notre départ.

— Si tu me rappelles pas après, je vais avoir compris, finit-il par dire d'une voix teintée d'exaspération et de tristesse.

Je suis tellement fâchée contre moi, fâchée contre Philippe de m'avoir textée, qu'une partie de moi a aussi envie de tout crisser ça là.

— Je vais te rappeler, voyons. Inquiète-toi pas.

Je sors de la voiture. François me suit du regard comme si c'était la dernière fois qu'il me voyait. Il attend que je pénètre dans le bâtiment. J'appuie sur le bouton de l'interphone.

— Allo ?

— C'est moi.

La voiture de François n'est plus là.

— Amé? questionne Philippe, agréablement surpris de ma présence tardive.

— Oui...

— Attends-moi, je descends.

Philippe raccroche sans que j'aie le temps de protester. La rue est complètement déserte et la nuit, aussi froide que l'humeur de François. On sent que l'automne veut s'installer pour de bon. Mes bottes ne couvrent pas mes cuisses sous ma jupe; j'ai la chair de poule. Je m'assois dans les marches, sur mes mains pour ne pas salir ma jupe, et me blottis dans le col en fourrure de mon court manteau. Quelques minutes passent avant qu'une Audi décapotable stationne devant moi.

— On va faire un tour?

Je lève les sourcils et tâche de ne pas avoir l'air impressionnée, bien que je trouve qu'il a de la gueule dans sa nouvelle bagnole.

— Ça va bien, tes affaires! lancé-je, sans bouger.

— Oui, il manque juste toi, ici, répond-il en tapotant le siège passager.

Je demeure immobile.

— C'est pas pour ça que t'es venue?

— Pas vraiment, non. En fait, je sais pas trop pourquoi je suis ici.

— Viens, je vais te donner une bonne raison.

Au point où je suis rendue... Je déclare:

— Si j'embarque, je veux que tu me laisses tranquille après. Pu de textos, pu d'invitations, pu rien du tout.

— Si c'est vraiment ce que tu veux après, *fine*.

Je me lève en me traînant de fatigue, ouvre la portière et m'installe à bord. Philippe appuie sur *Play*. Je m'accote sur l'appuie-tête et ferme les yeux, prête à recevoir le vent frisquet sur mon visage. Ça va m'empêcher de m'endormir et, surtout, ça va me garder alerte face aux possibles mains baladeuses de Philippe. L'Audi démarre dans la nuit.

— Où est-ce qu'on va ?

Phil sourit. Évidemment, il a déjà une idée en tête.

— Tu vas voir.

Phil et moi avons toujours eu des goûts musicaux bien différents. Selon mon ex, en voiture, il existe une règle bien établie : le conducteur et propriétaire de l'engin est, par défaut, le DJ. C'est aussi le conducteur qui choisit la route à emprunter, qui décide de la température de l'habitacle et qui évalue la distance acceptable à laquelle il peut coller les autres bagnoles au cul. Bref, le propriétaire est le cavalier de sa voiture à plusieurs chevaux.

Moi, je vois cela bien autrement. Le passager devrait être traité comme un invité ; après tout, il se fait conduire par un cocher comme dans un carrosse.

Le jour où Phil et moi nous sommes engueulés à ce sujet, il m'a offert de marcher. Et je l'ai fait… Il a arrêté la voiture sur le bord du chemin, je suis sortie et j'ai marché. Huit kilomètres jusqu'au restaurant… Où ses parents nous attendaient. La classe. Il s'est fait chicaner. Tant pis pour lui.

J'ai pour mon dire que quelqu'un qui agresse son passager en pleine connaissance de cause est un bourreau. Faire écouter du heavy métal de force à un individu qui aime les ballades de Joe Dassin est une forme de torture. Le hip-hop de Philippe a le même effet sur moi que le supplice chinois de la goutte d'eau. Je deviens aussi agressive que les paroles qu'on me rappe dans les tympans.

Ce soir, la torture ne m'atteint pas. En fait, sa toune a presque l'effet d'une berceuse rassurante.

On roule sur l'autoroute Bonaventure.

On traverse le bassin Peel.

Les lampadaires éclairent l'obscurité de mon esprit. Les yeux fermés, je sais où il m'amène. On passe devant

Habitat 67. Puis, il s'avance dans un chemin interdit du parc de la Cité du Havre.

— On va se faire avertir.

— On se fera avertir, dit-il, au-dessus de la loi.

Il arrête la voiture au bout de la péninsule. On sort. Il prend ma main et m'attire vers le bord de l'eau.

À nos pieds, le fleuve Saint-Laurent. De l'autre côté, Montréal est éclairé de tous ses feux, paré pour la nuit. La plus belle vue de la ville, la plus romantique, elle est ici. Un secret bien gardé.

Philippe, derrière moi, m'attrape par la taille et dépose son menton sur mon épaule.

— T'en souviens-tu?

Je lui fais une face, l'air de dire : «C'est sûr, voyons!»

— C'est difficile à oublier.

— C'était où? C'était là? me demande Philippe.

Du doigt, il désigne un petit buisson derrière nous. Je dirige sa main un peu plus à droite.

— Là.

Phil rit.

— T'étais vraiment *game* dans ce temps-là.

— Je suis encore *game*...

— Ah oui?

— Oui, mais pour d'autres choses.

Il me serre très fort dans ses bras. Je hume un effluve de Christian Dior, subtil, mais présent. Phil sait que c'est une arme contre ma résistance. J'ai les jambes molles.

— T'acheter un nouveau char, ça change rien, dis-je avec douceur.

— Ça change que je vais avoir envie de te faire des *lifts* partout où tu veux.

— Là, tu vas en avoir envie? demandé-je, étonnée. T'as pu envie de faire de moi une femme «indépendante»? Je pensais que c'était important qu'une fille sache se débrouiller toute seule.

— J'aurais dû être plus galant. Je le sais maintenant. Je vais changer.

— Je me suis habituée au vélo… T'auras pas besoin de dépenser du gaz pour moi.

— Elle consomme 21 % moins d'essence, même si sa puissance a augmenté de 25 % !

J'ai le regard vide. Est-ce qu'il croit vraiment que la fiche technique de sa voiture peut être un argument valable pour recoller les pots cassés ?

— Ça pollue quand même plus qu'un scooter.

— Tu veux un scooter ?

— Une Vespa, c'est l'idéal en ville.

— Tu vas faire jurer Murielle quand tu vas arriver trempée au bureau.

— Si tu me connaissais mieux, tu saurais que je suis équipée pour arriver impeccable.

— Pis l'hiver ? Tu vas te rendre en motoneige ?

— J'ai des skis de fond. On peut-tu s'en retourner ?

Phil regarde sa montre.

— Pas tout de suite. Je veux te montrer quelque chose.

— Phil… c'est François qui veut que je sois ici avec toi.

Phil se détache de moi. Il déteste quand je prononce le nom de mon nouveau chum.

— Je veux que t'ailles mieux. Je supporte pas de te faire de la peine, mais là je sais pu quoi faire pour que tu passes à autre chose. Pis moi, pour que mon couple fonctionne, je pourrai pas te garder dans ma vie. Va falloir que tu m'oublies pendant un bout de temps. Faut que tu te crées des nouveaux souvenirs, sans moi.

Une déception incommensurable parcourt le visage de Philippe. Je perçois sa honte de voir que, encore une fois, son plan est un échec. Il fixe l'eau du fleuve, pensif. Un méga «pow» retentit avec écho. Je sursaute et regarde vers le pont Jacques-Cartier. Un feu d'artifice éclaire le ciel.

— Y a des feux ce soir ? demandé-je en me tournant vers Philippe. Tu le savais ?

Il regarde au loin, les bras appuyés sur le petit rempart.

— Depuis le temps que tu me demandes de venir voir les feux ici… Ce sera ça, mon dernier souvenir avec toi.

Il soutient mon regard sans bouger. J'ai un pincement au cœur : je suis émue et triste à la fois. C'est avant qu'il aurait dû faire tout ça. J'ai mal.

Je ne sais pas qui est derrière la prestation de ce soir, mais les artificiers ont fait un choix pyrotechnique grandiose.

Mon cellulaire vibre dans ma sacoche. Je regarde l'afficheur. C'est François.

Philippe, l'air piteux, attend de voir si je vais prendre l'appel ou non. J'hésite longuement. La décision de ne pas répondre est lourde de conséquences.

Je laisse tomber l'appareil au fond de ma sacoche. Je ne répondrai pas. Du tout, ce soir.

Philippe prend son cellulaire et syntonise le poste qui nous permet d'écouter la trame sonore du spectacle nocturne.

Tête levée vers le pont, on écoute la musique gricher dans le minuscule haut-parleur. Pour faire exprès, c'est un *hit* d'Adele qui fait valser les feux dans le ciel. On dirait que ce moment est en train de nous faire prendre dix ans.

Philippe approche sa main de la rampe et la place entre nous deux. Il lève son petit doigt dans les airs. J'enroule le mien autour du sien, comme pour faire le pacte que je vais toujours l'aimer malgré tout.

Je n'ose pas le regarder, mais je sais qu'il vient d'essuyer subtilement une larme.

21. Le *rebound*

*« Rebound relationships are a great way to boost your ego
while completly shattering an innocent person's life. »*

*« How could you be with someone who isn't over their ex,
that makes you a rebound.
Are you a side order, are you a garlic bread ? »*

J'entre chez moi, épuisée psychologiquement et abattue par cette soirée. Philippe attend que je lui jette un dernier regard dans sa belle monture de fer, mais je ne veux pas lui donner de faux espoirs. Les adieux ont été faits.

Ce soir, on a vécu la séparation qu'il avait écartée quatre mois auparavant.

Je réalise mon erreur de m'être embarquée avec François avant d'avoir fait le ménage dans mes sentiments et le deuil de mon premier vrai amour.

François a tenté de me téléphoner trois fois. Mon silence est sa réponse, selon son ultimatum. Que veut-il de plus ? J'ai envie de dormir et d'éteindre mes méninges.

Je cogne à la porte de chambre de Marilou. Aucune réponse.

— Mari ? dis-je en chuchotant et en posant une oreille contre la porte pour écouter.

Pas un son. J'ouvre tranquillement et passe la tête dans l'embrasure.

— Mari ? AHHHHHHHH ! crié-je en refermant la porte d'un coup.

— AMÉÉÉÉÉÉ ! grogne Marilou, fâchée.

— Je m'excuse, je m'excuse. Je…

J'essaie de chasser de ma mémoire l'image de Marilou en train de prendre un *selfie*, poitrine dénudée. Mon amie m'ouvre en remettant la bretelle de sa robe sur son épaule.

— J'ai cogné… tu répondais pas !

— Peut-être que c'est parce que je pouvais pas répondre, hum ?

— C'est pour Cayo Coco tes… tes seins ?

— Oui, répond-elle, bête. Pis pense ce que tu veux ! Je m'assois sur son lit.

— Moi, je pense rien… dis-je, peu fière de ce mensonge. Mais… t'as pas peur qu'il les montre à ses amis ?

— Il m'a dit que je pouvais lui faire confiance.

— OK… Mais mettons que tes seins se retrouvent partout sur Internet ? Qu'est-ce que tu vas faire ?

— S'il publie mes photos, moi, je vais publier les siennes !

— Tu veux dire…

— Lui aussi, il m'en envoie.

— Non ! Je peux-tu les voir ?

Marilou s'emballe et, avec enthousiasme, me montre une photo du pénis de Cayo Coco sur son cellulaire. La mâchoire me tombe. Je pars à rire. Marilou aussi.

— Y en a quand même un gros, pour un latino, dit-elle. Les autres que j'ai pognés étaient pas mal plus petits que ça.

— Ça t'excite, toi, de recevoir ça ? dis-je en zoomant la photo pour mieux voir.

Pour mieux voir quoi exactement? Aucune idée. La grosseur des veines bleues? L'inquiétante courbure? La couleur? La texture? L'entretien général de son poil? Bref, j'évalue la qualité de l'engin.

— Bof, pas vraiment.

— C'est tellement laid! À quoi ils pensent! Moi, un gars qui m'envoie une photo de son pénis, ça me fait le même effet que de recevoir une graine dans l'œil, affirmé-je en *scannant* les nombreuses photos du corps nu de Cayo Coco, prises sous différents angles. Une vraie graine, là! Une poussière fatigante.

Marilou reprend son appareil. Elle admire la dernière photo sauvegardée.

— Moi, je trouve que ç'a quelque chose de très Michelangelo. Luis, y dit qu'il a besoin de visuel.

— Moi, j'suis capable de tout imaginer dans ma tête.

— Moi aussi, mais le cybersexe, c'est l'affaire la plus *hot*! déclare mon amie.

— T'exagères.

— Quasiment pas. On peut dire n'importe quoi. Tout passe. Pis ça rend fou. On a encore plus hâte de se voir.

— En tout cas, je te trouve *game*. Moi, j'enverrais jamais des photos nues de moi à personne.

— Phil n'en a pas du tout?

— C'est pas pareil… c'était mon chum.

— Ouin, mais là ça l'est pu, pis il les a encore. Il pourrait vouloir se venger que tu l'aies laissé pour un autre…

J'angoisse.

— Je pense pas. Phil a eu ce qu'il souhaitait…

— Quoi ça?

— Moi pis François, c'est fini.

— HEIN? Mais comment ça? demande Marilou, paniquée.

— On est allés trop vite, dis-je, résignée.

— Tu penses qu'il était juste un *rebound*?

— C'est ça, l'affaire… je veux pas qu'il soit un *rebound*! François, y est parfait. J'veux être en couple avec lui, mais en ce moment, c'est pas une bonne idée.

— T'as pas peur de le perdre? s'informe Marilou, triste.

— Oui… c'est sûr… Mais faut que je m'enlève Phil de la tête avant d'être avec qui que ce soit.

— Il me semble que t'en as eu pas mal, du temps, pour te l'enlever de la tête…

— Un premier amour, ça s'oublie pas de même, Mari… J'ai partagé quatre ans de ma vie avec lui. Je suis encore fâchée contre lui d'avoir tout fait foirer. Être avec François, ça me distrait de tout ça… mais je suis pas complètement à lui.

— Si tu penses que c'est la bonne décision… ajoute Marilou, perplexe.

— Je veux être certaine que je suis avec lui pour les bonnes raisons. Que j'essaye pas de remplir le vide laissé par Phil.

On sonne à la porte. Marilou me regarde. Je soupire. Je m'enroule dans sa housse de couette pour me cacher.

— Si c'est pour moi, je suis pas là.

Marilou se lève et va répondre.

Sur le pas de la porte se tient François, l'air détruit.

— Est-ce qu'Amé est là?

Marilou, mauvaise menteuse, hésite longuement:

— Euhhh… si elle est… euh… là? Humm… Je sais pas, là… AMÉ? me crie-t-elle. Je reviens, je vais aller voir, dit-elle à François en lui fermant la porte au nez.

Marilou revient dans la chambre. Je laisse apparaître un œil seulement de sous les couvertures.

— François est dehors… Il a pas l'air bien… T'es sûre que t'es pas là?

Je laisse échapper un grognement. Il est minuit. La soirée a déjà été assez longue comme ça. Je suis saturée de discussions *heavy*.

***

François et moi sommes assis sur le pas de la porte.

J'en ai sérieusement marre d'être dehors au frette!

— Je t'ai pas rappelé, François...

— Je peux-tu savoir pourquoi?

— Parce que, être ensemble en ce moment, c'est pas se donner une vraie chance. Le *timing* est pas bon.

— Ça n'existe pas, le bon *timing*, dans la vie.

— Peut-être, mais là j'ai besoin de faire le ménage dans mon ancienne vie. Pour ça, il faut que je sois toute seule.

— Tu le laisses gagner.

— Pour le faire gagner, il aurait fallu que je revienne avec. Même si Phil travaille fort depuis un bout, mon *gut feeling* me ramène toujours à toi. Je suis contente de t'avoir trouvé.

— Donne-nous une chance, d'abord!

— Je nous en ai donné une. Ça fait quatre mois, là, que j'essaie... de faire comme si tout était parfait, mais Phil... C'est comme... un virus. Je suis infectée. Je me sens faible... fatiguée... comme si tous mes globules blancs étaient occupés à l'empêcher de se propager partout. Il me reste pu d'énergie pour être heureuse avec toi.

— Je peux t'aider à le combattre, ton virus, moi... ça sera pas long!

— C'est pas à toi de faire ça.

— Je peux être ton vaccin d'abord. Combats toute seule, mais laisse-moi te montrer comment... je sais pas... réagir devant lui! Comment te défendre! Je veux pas t'empêcher de guérir, au contraire, je veux être là pour toi. Amé... Si tu nous abandonnes maintenant... tu vas retourner avec, même si tu veux pas. Parce que t'as rien d'autre. C'est *fucké*, ce que je vais te dire, mais j'aime mieux que notre relation soit *tough*. Pas t'avoir dans ma vie du tout, ça l'est encore plus.

Je le regarde longuement. J'ai froid. Il enlève sa veste en coton et me recouvre les cuisses en m'enlaçant. Je suis si bien, recroquevillée dans ses bras. Il embrasse ma tête. Je suppose que, maintenant qu'il est conscient du casse-tête dans lequel je me trouve, il partage avec moi la moitié de la pression qui existe pour en venir à bout. Et il a sûrement raison ; rester auprès de lui va me forcer à faire mon ménage plus vite. Cet homme est bon pour moi. Je me sens en sécurité avec lui. Je l'embrasse passionnément. Je l'aime.

On rentre dans la maison ensemble. J'ai envie de dormir dans ses bras ce soir.

22. Conseils de la parfaite bru

« La belle-mère et la bru dans la même maison
sont comme deux chats dans un sac. »

Proverbe yiddish

J'avais besoin de me racheter auprès de François.
Une sérieuse dette à rembourser. Le genre qui peut
prendre des mois, voire des années à payer, un petit
montant à la fois. Une dette comme celle-là te rappelle
chaque jour à quel point tu as été CONNE. Conne de
dépenser autant et de vivre au-dessus de tes moyens.
C'est de l'insouciance pure et simple.

Ma dette envers François, c'est exactement ça : je ne
me suis pas souciée de ce que je lui faisais vivre. Je ne
me suis pas inquiétée de ce qu'il pouvait ressentir ; je
ne me suis pas préoccupée de sa personne.

Je hais les dettes. Sauf quand c'est pour des souliers.
Dans un sens, l'intérêt que je paye sur mes chaussures
augmente leur valeur. Il faut voir les choses du bon
côté.

Le baseball aussi, je déteste ça. Tout ce qui m'attire dans ce sport, ce sont les coups de circuit. C'est de cette manière que j'aime rembourser mes dettes : en un seul versement. Donc, oui, je préfère me mettre la tête dans le sable, comme une autruche, en oubliant que je paye 14 % d'intérêts, plutôt que de me rendre au marbre pour tenter de frapper trois balles dont une va peut-être me faire avancer au premier but.

Donc, j'ai dit oui.

On s'en va rencontrer ses parents.

C'est ma façon de rembourser ma dette envers François en un coup de circuit.

De manière générale, cette rencontre est stressante de part et d'autre. Même si tu ne défiles pas en maillot de bain, c'est un peu comme participer à un concours de Miss Univers : tu veux bien représenter ton pays. Tu veux séduire les juges. Tu veux gagner le prix Miss Blonde et repartir avec ta banderole pour la *flasher* à ton chum.

Tout comme hisser la grand-voile de ton trente-deux pieds, rencontrer les parents de ton partenaire, c'est lui dire que tu veux t'engager dans une grande traversée. C'est lui confirmer que tu es bien sur votre bateau, que tu n'as pas le mal de mer et que tu ne laisseras aucun pirate dérober votre bonheur.

Pour moi, ça veut dire beaucoup plus. Ça implique de faire le deuil de mes anciens beaux-parents, ceux qui m'ont pratiquement élevée et à qui je n'ai pas pu faire d'adieux.

Laisser son ex, c'est aussi laisser sa belle-famille. Quand tu changes d'école en plein milieu de l'année scolaire, tu laisses non seulement tes meilleurs amis derrière, mais également tes professeurs. Le lien qui vous unit n'est pas le même, mais la séparation est tout aussi déchirante. Les chances que tu t'entendes aussi bien avec tes nouveaux profs sont probables, mais cela requiert d'abord une ouverture d'esprit.

La première règle est de ne pas tomber dans la comparaison. C'est beaucoup plus facile à dire qu'à faire, surtout quand ton emploi consiste principalement à analyser des données pour un meilleur rendement d'investissement. C'est donc plus fort que moi : si je dois investir dans mon couple, je dois considérer l'apport des beaux-parents, même s'ils ne rapportent que 2 % du bonheur dans ma vie et celle de mes futurs enfants. Ben dans la marde, 2 %, ce n'est pas négligeable.

François stationne sa jeep devant une maison à deux étages. La brique brune, le toit pointu et la balustrade blanche parfaitement entretenue du balcon avant donnent un petit côté campagnard à cette résidence de banlieue. C'est beaucoup plus simple et charmant que la grosse cabane en pierre entourée de gazon trimé au ciseau de mes anciens beaux-parents.

Fuck. Je compare déjà.

— C'est Maryse et… ?

— Michel

— Maryse et Michel, répété-je pour m'en souvenir.

Je suis nerveuse sans aucune raison valable ; c'est exactement comme rencontrer un nouveau client. Au pire, si la conversation tombe dans un creux, je leur sortirai mes stratégies de planification de retraite et ils vont automatiquement me voir comme une alliée.

François remarque mon vagabondage mental.

— Ça va ?

— Oui, oui. Je suis contente qu'on fasse ça, dis-je avec sincérité.

Ces simples paroles font de lui un homme heureux.

— Pas autant que ma mère…

François fait référence à Maryse, debout à la fenêtre, qui nous fait des bonjours de la main aux côtés d'un Michel placide. Clairement, elle surveille notre arrivée depuis un moment. Je la salue à mon tour. Son enthousiasme me rassure : ça va être facile ! Je n'ai pas mis les pieds à l'intérieur que je suis déjà aimée pour avoir choisi sa progéniture. Elle est beaucoup plus authentique et chaleureuse que la mère de Philippe, qui essayait de plaire avec sa maison entièrement rénovée selon les conseils de Martha Stewart. Même l'air vicié de la maison était nettoyé selon *the Martha Stewart way*. Merde. Je compare encore.

Maryse disparaît de la fenêtre en enlevant son tablier.

Je m'avance vers la porte avec François, vêtue d'un chic poncho d'hiver en laine. Dans mes mains gantées de cuir jusqu'aux coudes, je tiens un bouquet de fleurs bien enveloppé.

Règle numéro 1 : ne jamais arriver les mains vides. Toujours avoir un cadeau d'hôtesse, même si ton chum te dit que ce n'est pas nécessaire. Il ne sait pas de quoi il parle.

— Ma maman doit être un paquet de nerfs !

— Pourquoi ? Je suis pas la première que t'amènes ici... dis-je en insinuant qu'il y en a eu plusieurs avant moi.

— Non... Mais ça fait quand même trois ans...

— Trois ans ?! lancé-je, confuse. T'étais pas en peine d'amour l'année dernière ?

— Oui, mais, elle, j'leur ai pas présentée.

— Pourquoi ?

— Elle voulait pas.

— Comment ça ?

— Notre relation était secrète...

— Hein ?!

— Elle était pas mal plus vieille que moi, pis elle était connue.

— Connue ?! Ben là, c'est qui ?

François n'a même pas le temps de cogner que Maryse nous ouvre, trop joyeuse. À ses côtés se trouve Michel, qui vit sa bonne humeur par en dedans.

— Allllooooo, dit Maryse en ouvrant les bras bien grands pour m'enlacer.

Disons que j'aurais aimé avoir un moment tampon entre l'annonce de la romance secrète avec une ex célèbre pis le câlin maladroit de Maryse. Je ne vis plus du tout dans le moment présent; j'élimine une à une les *stars* du vedettariat québécois.

— On est pas mal contents de te rencontrer. Hein, Michel? affirme Maryse.

— On commençait à se demander si t'existais.

— Ben non. On se demandait pas ça, voyons!

Maryse m'admire de la tête aux pieds.

— Elle est-tu belle! Tu nous as pas amené un pichou, dit-elle à François.

— J'ai-tu déjà fait ça, moi? demande-t-il d'un ton blagueur.

J'aurais envie de leur dire qu'ils n'ont pas vu la dernière.

D'un geste de la main, Maryse lui fait signe de laisser faire.

— T'es notre plus belle jusqu'à maintenant. Hein, Michel?

— Elle dit ça chaque fois, répond Michel pour que je ne m'emballe pas.

Michel, c'est mon genre de bonhomme. Pas de flafla. Toujours la vérité. Il me tend sa main, que je serre en acquiesçant, complice.

— Veux-tu! Écoute-le pas, rétorque Maryse.

— Ben… merci… C'est gentil! C'est pour vous, dis-je en lui remettant les fleurs.

— Ohhhhh! T'aurais pas dû. Regarde, Michel, si elles sont belles!

— Ben oui.

— J'aime tellement ça, les fleurs!

— En été, on peut pu marcher, le terrain en est plein! dit Michel, découragé de la passion de sa femme.

— J'irai les chercher là, la prochaine fois! lui dis-je, complice.

Michel émet un petit rire étouffé très court. Et voilà, je l'ai gagné.

Je peux donc retourner à mon obsession : je me demande si la vieille *famous* de François aurait pensé à apporter des fleurs.

— Entrez, entrez. C'est prêt !

***

Nous sommes tous les quatre attablés dans une petite salle à manger à l'ambiance presbytérienne. Les murs sont blancs. Les meubles sont en bois rustique. Il n'y a pas vraiment de décoration, à l'exception d'une horloge coucou au-dessus de la tête de Michel.

— Elle est vraiment belle, votre horloge, Maryse, dis-je en terminant ma bouchée de brochette de poulet.

Règle numéro 2 : complimenter les goûts de sa belle-mère, le plus possible, mais sans exagération. Le but étant de lui manifester que son fils n'est pas notre seul point en commun.

— J'ai trouvé ça au marché aux puces ! Quand on cherche, on trouve toujours quelque chose de beau.

— C'est pour ça qu'on n'y va pas trop souvent, dit Michel en me regardant par-dessus ses lunettes rectangulaires.

Maryse ignore son mari et s'adresse plutôt à son fils en lui tapotant la main :

— J'espère que t'as trouvé, là, hein ? déclare-t-elle en faisant référence à moi.

— J'espère, mais ça dépend pas juste de moi, dit François en se tournant dans ma direction.

— Tu devais pas être le seul après elle ! ajoute Michel.

— Non, mentionne François sèchement, je suis pas le seul pantoute. Même que la compétition est assez forte.

— C'est ça! Quand t'as une carrière de même, pis que tu sais où c'est que tu t'en vas, le monde est à tes pieds, affirme Michel.

— Pas juste à tes pieds… à ta porte aussi… au téléphone, par courriel, ajoute François avec humour en me regardant.

— Oui, mais ça dure pas éternellement, rétorqué-je.

Maryse et Michel ne comprennent rien, c'est pourquoi Maryse revient à ses moutons.

— Je l'ai bien élevé, mon garçon, t'as bien choisi, me dit-elle.

— Vous avez pas du tout besoin de me convaincre.

— Ah non? blague François.

— Non… Je l'sais que t'es génial.

Et je me tourne vers sa mère :

— François, y est généreux, y est créatif comme je sais pas l'être, il me surprend tout le temps, il me force à prendre des risques, à être plus spontanée, à moins tout calculer. Pis… il est extrêmement patient. Je suis vraiment chanceuse.

Règle numéro 3 : louanger leur fils pour leur montrer que tu appartiens au même fan-club qu'eux.

— À quand les petits-enfants? me demande Maryse en s'approchant, coquine.

— Maryse! réprimande Michel.

— Ben quoi! J'ai hâte. J'aimerais ça pouvoir en profiter avant qu'on meure. Ça prend pas deux minutes à faire. Pis toi, Amélie, en veux-tu, des enfants?

— Euhhhh…

Règle numéro 4 : rester loin des sujets explosifs, mais ne pas avoir peur de participer à la conversation lorsqu'elle se présente.

— Un jour, oui… Dans six… sept ans peut-être. Je suis pas pressée.

— Bon, tu vois, elle en veut! affirme Maryse à Michel pour se déculpabiliser d'avoir posé cette question directe.

— Ah oui? me demande François, surpris.

— Pas toi?

— Ben oui, il va en vouloir! affirme Maryse.

— On va voir… j'ai pas dit non.

— On a encore le temps de changer d'idée, dis-je. Je commence à être planificatrice financière. J'ai envie de me concentrer sur mon travail pour l'instant.

— Tu fais bien, affirme Michel. Tant que vous faites pas des enfants pour sauver votre couple… Les maudits égoïstes qui font ça, moi, ça m'enrage.

Je regarde François, espérant qu'il prendra le relais de cette conversation.

— Inquiète-toi pas, p'pa. Y a ben d'autres manières de sauver son couple avant de faire ça.

François me regarde, l'air de dire : « J'ai pas raison? »

Règle numéro 5 : se rendre utile pour montrer que tu veux te joindre à la famille plutôt que d'attirer leur fils en dehors de celle-ci.

Pour éviter le malaise des sous-entendus, je me lève en ramassant les assiettes de François et de Michel.

— Non, non, reste assise, laisse faire ça, me dit Maryse en voulant me débarrasser.

— On va le faire ensemble, ça me fait plaisir de vous aider.

Maryse accepte et prend les plats restants. On se dirige ensemble vers la cuisine, complices.

Maryse est gagnée. Mission accomplie.

***

François reste avec son père à table.

— Je l'aime ben, moi, elle, affirme Michel à son fils.

— Moi aussi.

— Elle a du succès, c'est bon pour toi, ça.

— Amé est en train de réorganiser mes finances.

— Humm… grogne Michel.

— Qu'est-ce qu'y a?

— Fais attention…

— À quoi?

— À pas tomber dans le panneau.

— De quoi tu parles, p'pa?

— Les filles, y font rien pour rien. Si a s'occupe de tes affaires, c'est pour que tu y rapportes. Faut que tu contribues.

— Tu l'as entendue tantôt. J'y en apporte, des choses.

— Ouin… non. Ça, c'est beau au début, mais ça dure pas. Pourquoi elle a besoin de toi?

— Pour avoir du *fun*?

Michel fait non de la tête compulsivement.

— Va falloir que tu trouves autre chose.

***

François stationne sa voiture devant chez moi.

— Merci d'être venue, me dit-il. Je sais que c'était pas évident pour toi.

— Quoi ça?

— De remplacer tes anciens beaux-parents par des nouveaux.

— C'est pas mal plus facile de plaire aux tiens.

— Plus facile de plaire à eux qu'à ton père?

J'ai un petit rire jaune. Je me contente de lever les sourcils, l'air de dire: «Mon père est un éternel insatisfait et personne n'arrive à la hauteur de ses standards.»

— Pis ta mère? poursuit François. Je vais-tu être capable de la séduire, tu penses?

— Ma mère aime tout le monde.

— Quand est-ce qu'on fait ça?

— Je sais pas si tu vas arriver à la voir un jour… Elle est tout le temps en voyage.

— Au pire, on se *booke* un billet et on lui fait une surprise.

— Non, ma mère aime pas ça, les folles sorties d'argent.

— Ben, si ma mère t'apprend à pas tuer tes plantes, tu seras pu obligée d'en acheter des nouvelles chaque mois. Tu vas pouvoir remplacer une folie par une autre.

— C'est sûr que si elle me dévoile son secret, je vais faire des grosses économies annuelles, lancé-je avec humour.

— Parlant d'économies, tu peux annuler notre rendez-vous à la banque demain.

— Hein? Ben non... Pourquoi?

— J'en ai un, conseiller, à ma banque... Pis je suis pas vraiment ton genre de client...

— François, dis-je, prête à le raisonner. J'ai vu des cas bien pires que le tien. T'as pas à avoir honte.

— J'ai pas honte pantoute.

— Ben d'abord, fais-moi plaisir. J'aime ça m'occuper des gens que j'aime. Pis si c'est moi, ça va sûrement te donner une motivation de plus pour atteindre nos objectifs?

— Ouais... T'as raison!

— Bon, maintenant, c'est qui la vedette?

François sourit.

— Tu penses encore à ça?

Il attrape, sur la banquette arrière, le sac de plats Tupperware que sa mère lui a donné pour la semaine et sort de la voiture. Je m'empresse de le suivre.

— Non, non... Je suis juste curieuse... dis-je, innocemment. Je me demande c'est quoi ton genre...

— Tu veux te comparer?

— Hein? Ben non, voyons.

— À quoi ça sert, alors? Je te compare pas à elle. Tu devrais pas non plus.

Je fige à la vue de mon appartement.

— Amé?

162

François suit mon regard. Il voit ce que je vois, là, sur le balcon.

Je m'approche de la Vespa rose foncé ornée d'un gigantesque chou blanc.

— C'est pour toi?

— Marilou ne sait pas conduire… dis-je en insinuant que c'est la déduction logique.

— Ça vient de lui? me demande François, soudainement bête.

Je ne vois pas de qui d'autre, mais j'espère me tromper. Marilou ouvre la porte, excitée.

— Ahhh! J'avais hâte que t'arrives! T'es tellement *hot*! lance-t-elle à François. Elle est super belle!

— Mari…

— Tu m'embarques-tu? *Please, please, please, please*, fait-elle en tapant des mains et en sautillant sur place.

— Ouin, faudrait que tu l'essaies… Tu vas toujours ben pas la ramener… affirme François, qui aimerait que je lui dise le contraire.

— Pourquoi tu la retournerais? me demande Marilou. T'aimes pas la couleur?

— C'est pas ça…

— Depuis le temps que t'en veux une!

François se sent exclu de ne pas avoir été mis au courant de mon désir de me procurer cette commodité charmante et économique, mais non nécessaire.

— As-tu le droit de conduire ça sur les pistes cyclables? lance une voix moqueuse.

Mat se tient debout sur le trottoir, une inconnue à son bras. Il ne se soucie même pas de nous présenter sa conquête aux hautes bottes à talons aiguilles noires en vinyle reluisant *cheap* et à la jupe «ras-la-gouttière»; elle ne se souviendra pas de nous avoir croisés de toute façon. J'ouvre le compartiment sous le siège en cuir blanc et y trouve un casque.

— C'est ton cadeau de fête en retard? Je veux dire… à l'avance? En retard ou à l'avance? blague Mat.

— Pas toujours besoin d'une fête pour offrir un cadeau! L'amour, ça peut être suffisant! Se promener en Vespa, c'est tellement romantique, réplique Marilou en se tournant vers François, admirative.

Celui-ci me regarde, l'air de dire: «Vas-tu leur dire de qui ça vient?» Je crache le morceau:

— Ça vient pas de François.

Marilou fige et fronce les sourcils.

— Ça vient de qui?

— Ohhhhhhhhhh! Oups… s'exclame Mathieu, qui vient de comprendre et qui rit pour casser le malaise.

— Ça vient de qui? répète Marilou.

— Mari, câlisse, allume, lance Mat.

— Honnnn…

— J'ai rien demandé, moi! dis-je en me défendant.

— Ben là! Tu vas la retourner, j'espère? Surtout que l'hiver s'en vient… lance Marilou sur un tout autre ton.

— On va y aller, nous, hein? On est fatigués, dit Mat à la fille, qui est suspendue à son bras et qui semble en train de s'endormir. Retourne-la pas, vends-la!

Mat monte chez lui en traînant son *one-night* qui risque de finir évanouie sur le divan.

François et Marilou me fixent en attendant ma réponse.

***

À cheval sur ma Vespa rose bonbon, casque sur la tête, vitre abaissée jusqu'au nez, je file à toute allure sur la piste cyclable du canal de Lachine.

Le bruit du moteur est constant et forcé: je suis dans le tapis à soixante-cinq kilomètres à l'heure et ma carlingue de métal ne veut rien savoir de l'empressement ni de l'agressivité que je tente de transmettre à l'accélérateur.

Je freine sec devant l'édifice de Philippe. Je débarque et je recolle le chou sur l'engin.

Je dépose la clé dans la boîte aux lettres et je rédige un texto à Philippe :

> Je t'ai ramené ton cadeau,
> ne m'en fais plus svp.

Send.

Je pars à pied, habitée d'un sentiment d'accomplissement.

…

J'ai toujours le casque sur la tête. Je rebrousse chemin en l'enlevant, le mets sous le siège de la Vespa et repars.

Cette fois, c'est la bonne.

23. Keep calm and have sex

Sept mois, vingt-deux jours, six heures et quelques minutes.

«J'exige le respect pour mes rêves,
aussi insensés qu'ils puissent paraître.
Un fantasme, ça ne se discute pas.»

Julien Blanc-Gras

L e sexe du matin, c'est comme allumer le téléviseur
et tomber sur la scène de l'arrivée de O-Ren Ishii
(alias Mocassin d'eau), chef du crime organisé au
Japon, et de ses fidèles serviteurs, les Crazy 88, avant
la bataille à la Villa des feuilles bleues, dans le film *Kill
Bill, volume 1*[5].

Le premier qui ouvre ses petits yeux bru-
meux, encore bridés par le sommeil, et qui
regarde son partenaire dormir paisiblement
déclenche la chanson thème du compositeur japo-
nais Tomoyasu Hotei, *Bataille sans honneur ni
humanité*.

Tassez-vous de là, J'ARRIVE!

---

5. https://www.youtube.com/watch?v=sYq_Jpxdq2A&nohtml5=False.

Enroulée dans mon drap de satin blanc, plutôt que d'un kimono.

La différence est que je n'ai pas d'armée personnelle pour m'assister dans mon attaque ni pour signaler mon arrivée. Pas besoin. Je prévois le prendre par surprise, alors qu'il est endormi et vulnérable.

Je ne suis peut-être pas née sur une base militaire comme O-Ren, mais j'ai appris du meilleur professeur; Philippe a aiguisé au katana mes réflexes d'attaque nocturne.

Donc…

Sous les couvertures, tel un mocassin d'eau – serpent très venimeux semi-aquatique –, je rampe vers François.

J'enroule mes jambes autour de sa cuisse, que je serre d'une pression graduelle chaque fois qu'il expire. Je frotte la douce écaille de mon pubis sur son poil de mammifère. J'utilise ma prise pour me mouvoir davantage contre son flanc. Je glisse une main sur son torse de manière à me hisser vers son cou. Je montre mes crocs, que j'enfonce dans sa nuque. Mon venin n'est pas mortel, mais j'ai indéniablement une haleine poison.

Il dort.

J'augmente la pression sur sa cuisse, comme pour bloquer sa circulation. Un crocodile, deux crocodiles, trois crocodiles. Mes muscles ne peuvent plus tenir la contraction. Je relâche. Je prends une croquée de son épaule.

Il dort.

Je vise la caméra de mon cellulaire vers nos deux faces pour prendre un *selfie*. Lui au pays des rêves, la bouche ouverte, cheveux aplatis. Moi dans mon meilleur angle, reposée, au naturel. #réveilletoi #mouillée

En voyant ça sur les réseaux sociaux, il va sûrement vouloir dormir moins profondément la prochaine fois.

Je me roule sur le dos et édite la photo dans Instagram, cellulaire à deux pouces de la face.

J'opte pour le filtre appelé «Clarendon».

Non.

J'essaie le filtre «Juno».

Non.

Puis «Rise».

Non.

«Juno» ou «Rise»?

Merde, j'y reviendrai.

J'ajuste le contraste et la luminosité.

J'enrobe la photo d'une vignette pour bien faire ressortir nos visages, sur lesquels j'utilise l'effet *tilt-shift* pour contrôler la zone de netteté et de flou. Le but est que tout le monde sache que le sujet principal de l'image, c'est NOUS! Notre amour. Notre couple. Notre bonheur. Notre sexualité à venir.

Je retourne aux filtres et choisis «Rise». Après tout, le titre évoque l'événement en question – le réveil – et la teinte jaune doré du filtre rappelle celle de la lueur matinale du lever du soleil. Et puis, ça élimine complètement les petites rougeurs de ma peau; ça la rend encore plus lisse, plus douce et plus en santé qu'en réalité.

Ce que je veux que le public sache: «J'ai l'air de ça au réveil.» #flawless

Je crois que c'est bon.

J'hésite à la publier.

Je supprime le *hashtag* «mouillée». Trop graphique et provocateur pour 6 heures du matin.

C'est *cute*. Ou égocentrique? Je décide de supprimer ce *selfie*.

Instagram me demande si je suis vraiment certaine de vouloir me départir de cette photo que j'ai mis quinze minutes à créer.

Bon, d'accord, Instagram: si tu insistes, je vais la garder.

J'appuie sur *Share*.

Je reprends mon rôle de vipère assassine.

Je dépose mon cell et m'aventure très loin sous les couvertures dans une locomotion d'ondulations latérales.

Comme les serpents qui se nourrissent d'œufs à coquille molle, j'ouvre largement la mâchoire et avale en entier le membre mou de mon chum. Avec ma langue, je chatouille le sommet de sa coquille. L'œuf mou se transforme peu à peu en un œuf cuit dur. Je l'enfonce profondément dans ma bouche sans m'étouffer. Les muscles de ma gorge se contractent par vagues, comme pour extraire le contenu de l'œuf. Ce qui, inévitablement, arrive.

Une fois l'œuf vide, le serpent régurgite les restes. Pour ma part, je préfère éviter les dégâts. Les draps ne sont pas dus pour être lavés. J'avale.

Je rampe à la surface pour aller chercher un peu d'air. Ça commençait à sentir le marais là-dessous.

François sourit, les yeux fermés. Je l'ai tiré de force de son sommeil, mais il ne semble pas trop fâché. Je me blottis contre lui. Il me serre très fort, embrasse mon front. Peigne de ses grandes mains mes cheveux ébouriffés.

— J'aime ça, me dit-il.

— Tant mieux. Moi aussi. Qu'est-ce que t'aimes d'autre?

— Jouer du *drum*.

— T'es con! Je parle de sexe.

— Ah! Ben, tout ce que tu fais, j'aime ça.

— OK, mais as-tu des fantasmes?

— Non…

— Du tout?! Ben là, ça se peut pas! Tout le monde a des fantasmes!

— Pas moi. Toi… c'est quoi?

— Je vais te le dire quand tu me diras au moins un des tiens.

— J'en ai pas!

— Ben… Quel genre de porno tu regardes?

— Rien de *fucké*… Des filles ensemble. Je trouve ça beau.

— Deux filles ou plein de filles?

— Deux. Trois, des fois…

— Avec un gars?
— Non. Ça me fait pas tripper de regarder un autre gars. C'est pas très sensuel.
— Ça dépend de ce qu'il fait.
François hausse les épaules, l'air de dire : « T'as le droit à ton opinion.» Il ne demande pas à être convaincu. Il est vrai que, dans la majorité des vidéos pornographiques, la pénétration n'est pas un geste aussi gracieux qu'une fille qui se lave le visage au ralenti dans une publicité d'Ivory. La sensualité n'est pas d'emblée associée aux hommes, mais est plutôt attribuée au corps féminin. Pourtant, elle a très peu à voir avec la beauté corporelle. Elle émane davantage de la capacité d'un individu à vivre pleinement dans son corps, à donner et à recevoir des caresses, et à expérimenter ce que lui font vivre tous ses sens.
— Tu vas sur quels sites?
— Des sites de photos, me répond François.
— Tu regardes juste des photos?
— Pas tout le temps. Mais j'aime les images plus érotiques qui ont de la classe... avec de beaux modèles. Le *cheap* pis le *trash*, ça m'allume pas.
— OK...
— Pis toi?
— Ben... là... non... j'vais pas te dire mes fantasmes après ça. Tu vas me trouver folle.
— Ben non, dis-moi.
— Non, j'suis trop gênée! De toute façon, c'est juste des fantasmes. J'voudrais pas faire ça pour vrai, là.
— C'est-tu si pire que ça?
Je fais non de la tête, l'air de dire : « Pas tant!»
— C'est différent, c'est tout.
Je bondis hors du lit pour éviter le sujet et commence à m'habiller.
— Où tu vas?
— Je vais... euh... Mari a... Faut que j'aille rejoindre Mari.

— Tu veux pas que je m'occupe de toi? me demande François en faisant référence à ma générosité matinale, qui n'a pas été récompensée.

— Je m'attends pas toujours à recevoir quand je donne.

— Es-tu correcte? me demande François, perplexe.

— Oui, oui, dis-je en bonne menteuse.

J'embrasse François amoureusement et file en vitesse.

Je dois aller *débriefer*.

24. Une langue pour chaque chose

> « Nous ne parlions pas la même langue,
> mais nous parlions le même langage ! »
>
> Karl Heinz Stroux

—Y a pas de fantasmes ! Qui a pas de fantasmes ? dis-je en chuchotant à Marilou.

— Personne, me répond-elle, le nez dans son cahier d'exercices.

— Ça cache quelque chose, non ?

— C'est sûr, répond Marilou, qui essaie d'être attentive à la leçon, tout en me prêtant une oreille bien que ce ne soit pas le moment.

Marilou et moi sommes assises l'une à côté de l'autre, troisième rangée ascendante d'une salle de cours universitaire. Je n'ai pas de cahier, car je ne fais pas partie de ce cours d'espagnol auquel mon amie s'est inscrite d'urgence. Je rends simplement visite à Marilou. Celle-ci recopie, comme une bonne élève, la conjugaison du verbe « avoir » que le professeur décortique au tableau :

Yo tengo
Tú tienes
Él tiene
Nosotros tenemos
Vosotros tenéis
Ellos tienen

— Qu'est-ce que tu penses que ça peut être? Il aime les MILF? demandé-je en la regardant écrire.

— Les quoi?

— Les vieilles.

— Ark!

— Non, pas les vieilles dans ce sens-là… Les femmes plus matures, là. Les *hot* mamans. Ç'a l'air qu'il a déjà eu une blonde plus âgée que lui.

— Si c'est ça qui l'excite, il sortirait pas avec toi… En pyjama, tu pourrais passer pour sa fille.

— T'exagères.

— Je suis sûre que, si tu t'essayais, tu pourrais avoir des rabais étudiants.

— Peut-être qu'il trippe sur les femmes enceintes? Ça, il ne me le dirait pas.

— Faudrait qu'il veuille avoir des bébés pour ça, pis ç'a pas l'air d'être son cas…

— Ou bien sur les petits seins? Ça non plus, il voudrait pas me le dire. Parce que, moi, on s'entend…

— Peut-être qu'il te dit la vérité aussi, affirme Marilou en chuchotant, un peu exaspérée.

— Je crois pas à ça! dis-je un peu trop fort.

— Vous crrroiyééé pâ, hummm? répète le professeur avec un accent espagnol très prononcé.

Prises de court, Marilou et moi levons la tête vers cet homme au sang chaud d'une trentaine d'années, plutôt grand considérant ses origines et, surtout, vraiment *sexy*. Malgré son accoutrement – il porte un veston brun de professeur de chimie et un étui à cellulaire accroché à la hanche droite –, il ressemble étrangement à un chanteur pop portoricain sorti tout droit d'un vidéoclip tourné dans les rues colorées de San Juan.

J'étais tellement préoccupée à tenter de deviner le fantasme inexistant de François (à confirmer) que je n'avais pas remarqué la bombe latine qui allait nous exploser dans la face.

Car *el senior maestro,* malgré toute sa splendeur, n'est pas de bonne humeur.

Il s'approche de nous. Je me tiens droite, fière, iné- branlable, pour ne pas me faire jeter en dehors du cours – mon *débriefing* n'est pas terminé. Marilou, elle, est littéralement en train de fondre sur sa chaise à côté de moi. Je glisse subtilement son cahier d'exercices vers moi de manière à le mettre entre nous deux. J'ai besoin d'un alibi. Elle se le réapproprie, me laissant nue sur le champ de bataille. Je prends son crayon et le tiens d'un poing bien serré pour me défendre en cas d'expulsion.

— *Prohibido hablar francés !* lance-t-il en se poin- tant, suave.

Je penche mon corps légèrement vers Marilou.

— Qu'est-ce qu'il dit ?

— Je sais pas, mais c'est tellement beau, me répond-elle, dans les vapes.

— *Español solamente.*

Marilou, nerveuse, hoche compulsivement la tête en replaçant ses lunettes.

— *Si, si, español,* glousse-t-elle.

Le professeur me fixe d'un regard perçant et me pointe de son beau doigt basané pour me mettre en garde comme Zorro avec le bout de son épée :

— *Te estoy vigilando.*

Il recule de quelques pas de tango sans lâcher ses élèves des yeux, de manière à les avertir qu'il sera sans pitié avec les fautifs. Il pivote vers le tableau et se met à conjuguer le verbe « avoir » à l'imparfait. La voie est libre pour retourner à nos moutons.

— Y t'intéresse pas, lui ?

Marilou me fait signe de me taire. Elle hoche la tête, mais écrit dans son cahier :

J'ai promis ma main à Luis.

— T'as pas changé d'idée ? demandé-je, inquiète.

Elle fait signe que non, puis écrit :

Veux-tu être mon témoin ?

— Mariiii !!!

Marilou insiste pour que je me taise à nouveau.

J'empoigne son crayon et écris agressivement trois grosses lettres que je souligne d'un trait assuré :

NON

Marie ton prof à la place !

Je lui pointe l'homme aux fesses bombées. Marilou hésite une fraction de seconde, comme si elle considérait vraiment cette option, puis m'arrache le crayon :

J'aime Luis !

Je le lui vole :

Je peux pas te laisser faire ça.

Elle me le reprend :

JUGE PAS !

J'étais prête à récupérer son crayon ; nous étions lancées dans une diatribe papier. Je laisse plutôt retomber ma main sur le bureau et prends la poignée de mon sac en me levant.

— *Esta* une *muy* grosse erreur !

— *No !*

— *Si !* Pis c'est encore moi pis Mat qui allons te ramasser !

Marilou se renfrogne et sursaute quand le professeur nous balance sur un ton d'opéra :

— *ESPAÑOL !!!*

Nullement affectée par ses décibels, je le pointe du doigt de manière à le mettre en garde :

— Ton espagnol, il est mieux de rendre mon amie heureuse !

Je tourne les talons et quitte la salle en attrapant mon manteau d'hiver en nylon noir bourré de plumes.

***

Mat est en train de rédiger un article sur son ordinateur portable, assis au bar en inox du petit bistro de quartier où nous avons toujours l'habitude d'aller prendre un verre. Le jour, ce restaurant est aussi le bureau de Mathieu.

J'arrive d'un pas déterminé et je m'installe à ses côtés sur le siège en bois foncé.

— Faut qu'on empêche Mari de marier son Cubain.

Sans lever les yeux, il me répond sur-le-champ :

— Ah ! T'es pu indifférente ?

— J'ai essayé une tactique de Philippe, mais ç'a pas marché.

— Bonne chance pour la suite. Moi, j'ai fait ma part.

J'abaisse l'écran de son ordinateur pour qu'il m'écoute.

— MAT ! C'est important !

Mathieu prend calmement ma main qui tient son *laptop* fermé et la dépose sur le comptoir devant moi avec un petit sourire agacé.

— OK. C'est pas parce que tu réalises soudainement qu'il se passe quelque chose en dehors de ta suite nuptiale qu'il faut que je *scrappe* ma carrière !

— Coudonc, t'es ben bête ! Qu'est-ce que t'as mangé ?

— Trois cafés, et je suis d'excellente humeur et inspiré. Mon intervention auprès de Mari, je l'ai faite. Si tu tiens à en rajouter, trouve-toi quelqu'un d'autre pour t'assister, OK ? dit-il, un peu condescendant.

Il ouvre son ordinateur à nouveau et relit son dernier paragraphe.

— Qu'est-ce que t'as ? Bottes en vinyle a ronflé toute la nuit ?

— Non. Mes baises avec Bottes en vinyle sont encore torrides.

— Ça paraît pas… marmonné-je.

— C'est normal que tu sois pas au courant… j'ai rien *posté* sur Internet pour me vanter.

Mathieu me jette un regard. Il fait référence à ma photo Instagram du matin. Je suis choquée.

— Qu'est-ce que t'essaies d'insinuer?

— Que si t'as le temps de nous montrer ce qui se passe dans ton lit, c'est qu'il ne s'y passe pas grand-chose! Le monde a pas besoin de voir ça.

— Le monde? Mon profil est privé, c'est juste mes amis qui peuvent le voir.

— Ce que tu fais en privé avec ton nouveau chum, je veux pas le savoir.

— T'es pas content pour moi?

— Ç'a pas rapport.

— C'est quoi, d'abord?

— C'est un peu agace, dit-il sans vouloir me faire de peine.

Je me renfrogne. Je me sens plus nue que sur ma photo. Mat vient de m'étiqueter un défaut.

— C'était un moment. J'étais heureuse, j'avais envie de le partager.

— L'es-tu vraiment?

— Quoi ça?

— Comblée. Avec lui.

— Y a des bons pis des moins bons côtés.

— Phil était meilleur?

Je hausse les épaules en réfléchissant.

— Phil, y en avait envie plus souvent. Y était convaincant. Tu pouvais rien lui refuser. François, il m'aime, mais il est moins…

— Bestial?

— Entreprenant. Ça prendrait un juste milieu.

— Tsé, Amé, c'est pas parce que c'est pas Phil que c'est obligé d'être François. Ça peut être quelqu'un d'autre aussi.

Mat me jette un long regard. Je suis certaine qu'il se demande, comme moi, ce que ça donnerait, nous deux. Je me suis déjà posé la question par le passé, quand je l'ai rencontré à l'université. L'attirance était palpable, suintante même, mais Philippe était déjà dans ma vie. Nous n'avons jamais parlé de la chose et, avec les années, nous avons appris à vivre avec ce sentiment d'impossibilité, ou plutôt à tout refouler et à se convaincre que notre grande amitié ne devait pas être testée. De toute façon, Mat ne cherche pas à être en couple. Il est volage et fier de l'être. Moi, je souhaite bâtir une relation avec un homme.

C'est à ce moment que je réalise qu'on peut avoir le meilleur de deux mondes : ce n'est pas parce que c'est François le bon que je ne peux pas user de la force de Phil. Je me lève et j'annonce à Mat :

— Je le sais. Pis t'as raison. Je vais supprimer la photo, c'est pas approprié.

Je lui donne un bec sur la joue en guise de remerciement et je pars, habitée par ma mission.

25. La fin justifie les moyens

« Construire peut être le fruit d'un travail long et acharné. Détruire peut être l'œuvre d'une seule journée. »

Winston Churchill

Vêtue de mon tablier au comptoir de cuisine, je trempe un pavé de poisson dans un œuf battu, puis je l'enrobe de farine. On sonne à la porte. Mes doigts sont couverts de glu.

— Peux-tu y aller ? J'ai les mains pleines de… colle !

Aucune réponse. Depuis notre dispute sur les bancs d'école, Marilou s'est enfermée dans son atelier et m'évite comme la peste.

Après avoir lu la biographie *best-seller* d'une jeune Américaine qui est passée de la misère à la richesse en vendant des vêtements *vintage* sur Internet, Marilou s'est mise à la couture dans le but de devenir, elle aussi, entrepreneure et de bâtir son empire dans l'industrie de la mode. D'aussi loin que je me souvienne, Mari a toujours voulu se partir une compagnie. Mais de quoi ? Elle a essayé la confection de bijoux en plumes, une mode qui s'est vite dissipée, la vente de peintures abstraites, pour finalement miser toute l'allocation de son père dans le design de fringues pour rouquines seulement. Bien que je trouve son angle original et audacieux, j'ai peur que cette clientèle soit trop ciblée pour lui apporter les commandes nécessaires au succès de son entreprise. D'un autre côté, les entrepreneurs les plus prospères sont ceux qui osent, qui prennent des risques et dont les idées font rarement l'unanimité.

— Mari ? S'il te plaît !

— Oui, me répond-elle bêtement en sortant de sa chambre forte.

Ne s'y attendant pas du tout, elle ouvre et découvre Philippe, en veston-cravate.

— Encore toi ! lance Marilou, sèchement.

— Salut ! Ça va ?

— Je pense que je suis en train de vivre un déjà-vu.

— Est-ce qu'Amé est là ?

— Ben oui ! Fais comme avant, dit Marilou en le laissant entrer.

J'arrive les mains propres.

— Y a pas juste moi qui fais des conneries, ç'a l'air, me lance-t-elle d'un ton bébé et assassin en retournant vers son atelier.

— Va te servir un verre, j'arrive ! dis-je à Philippe en suivant mon amie.

Phil traverse le long couloir de l'appartement jusqu'à la cuisine.

— C'est toi qui me fais faire ça, Marilou !

— Moi ? dit-elle, tout bas.

Encore moins fort qu'elle, je réponds :

— Oui, toi !

— De quoi tu parles ?

— Si tu veux vraiment partir pour Cuba, ça va te prendre un bon avocat pour t'aider à remplir toute la paperasse.

Marilou a un mouvement de recul, bouche bée.

— Hein ?

— Je t'aime, Mari. Si t'es sûre que Cayo Coco, c'est l'homme de ta vie, je veux que ça se passe bien. T'as raison, j'ai pas à te juger. Tu m'as jamais jugée pour Philippe.

— Mais… merci… t'aurais pu demander à quelqu'un d'autre…

— Ç'aurait coûté pas mal plus cher. Inquiète-toi pas pour nous, on est des adultes.

Marilou me serre très fort.

— Merciiii ! Mais là, qu'est-ce qu'il va vouloir en retour ?

— Rien, franchement ! dis-je en faisant une grimace qui ne peut nier l'évidence.

Le problème, c'est que rien n'a encore été discuté entre lui et moi. Connaissant Philippe, je devrai m'attendre à une facture salée et le remboursement ne se fera pas en argent comptant ni par dépôt direct.

***

Je dépose tous les ingrédients sur la table : *pico de gallo*, chou vert émincé à la lime, tacos 100 % maïs, ma sauce blanche maison et, finalement, le poisson pané. Tout ce qu'il faut pour faire une de mes spécialités dont Marilou raffole : les *fish tacos*.

J'enlève mon tablier et je m'assois. Marilou tape des mains, surexcitée à la vue de ce festin.

— Bon appétit !

— Y va-tu en avoir assez ? demande Marilou en confectionnant son premier taco.

— Mari, les tacos se vendent par paquet de cinquante. Moi, j'en mange deux. On devrait être corrects.

— Ben quoi, c'est la meilleure affaire que tu fais.

— Tu voulais me rappeler ce que je manque ? ajoute Philippe, suave.

Je fais un petit non de la tête à Philippe, l'air de dire que ça n'a rien à voir avec lui.

— On rentre-tu dans le vif du sujet? demandé-je pour qu'on ne s'écarte pas de la raison de notre souper d'intervention.

— Oui! dit Marilou, la bouche pleine, en se redressant.

— As-tu ton certificat de célibat? demande Philippe.

— Mon quoi?

— Ton certificat de célibat. Ça te prend ton certificat de naissance aussi.

— Va falloir que tu les fasses traduire, ajouté-je.

— OK.

— Par un traducteur assermenté, complète Philippe.

— OK… dit Marilou, pas certaine de savoir ce que ça veut dire.

— Ton chum aussi a besoin de présenter ces documents-là. Est-ce qu'il va partager le coût du mariage avec toi?

— Ça coûte combien se marier à l'église?

— Va falloir que tu te maries au civil.

— Hein?! Pourquoi? demande Marilou, déçue.

— T'es une étrangère, répond Philippe. Ça va se passer chez le notaire. Si tu peux faire un mariage religieux en plus, c'est un bonus.

— Un bonus?

— Oui, et ça va te prendre beaucoup de photos, avec beaucoup de monde, affirme Philippe.

— Pourquoi avec beaucoup de monde?

— Pour prouver que vous êtes vraiment en amour, dis-je comme si c'était une évidence.

Marilou me regarde, dépassée.

— OK… Mais… avec qui? Luis a pas vraiment de famille…

— Pas vraiment? lui demandé-je, intriguée.

— Non, ben… je pense… dit Marilou. J'ai pas complètement compris pourquoi… il parlait vite… on se comprend pas toujours…

— Je suis sûre que tu vas trouver du monde sur la plage, dis-je pour la rassurer.

Marilou mastique un peu plus lentement, de manière à assimiler la matière. Elle ne semble pas apprécier l'idée d'avoir des touristes québécois inconnus dans ses albums photo.

— As-tu pas mal d'économies?

— Oui. L'argent, c'est pas un problème, dit-elle en reprenant confiance.

— Tant mieux. Prévois de cinq à dix mille dollars.

Marilou manque de s'étouffer, avale de travers, puis arrête de manger.

— Dix mille piasses?

— Oui! Il va falloir que tu ailles à La Havane souvent, affirme Phil, pour l'examen médical, l'authentification des papiers, l'entrevue… Tout se fait par étapes.

— Je suis prête… déclare Marilou, semblant y croire à moitié. Je vais faire ce qu'il faut pour être près de mon beau Luis d'amour.

— T'as cet argent-là? demandé-je, surprise. Je pensais que t'avais dépassé ton budget avec mon choix de tout-inclus.

Elle hésite avant de répondre:

— Ben, Papou va m'aider… Maman aurait voulu qu'il fasse le nécessaire pour que l'homme de ma vie vive dans mon pays.

Je vois bien que Marilou se sent submergée par toute l'information qui lui est divulguée. Et c'est parfait ainsi, car tout cela est une mise en scène que Phil et moi avons orchestrée dans l'unique but de la dissuader de toute cette folie qui jaillit du conte de fées dans lequel elle vit.

Phil et moi prenons une bouchée de nos *fish tacos*, complices. Je lui fais un petit signe du menton de manière à lui signifier qu'il peut aller de l'avant avec la finale de notre plan. Il prend son cellulaire et cherche dans ses courriels.

— J'ai demandé à mon assistante au bureau de faire une petite recherche aussi pour toi…

— Humm? fait-elle en sortant de la lune.

— Une recherche sur quoi? demandé-je en feignant d'être curieuse alors que je sais très bien de quoi il s'agit.

Phil me sourit.

— Sur l'ensemble du processus. Elle a trouvé un site où les Cubains témoignent de leur expérience d'immigration. Je vais te transférer le lien.

Phil appuie sur *Send*. Marilou reçoit le texto de Phil sur son cellulaire.

— Je suis allé jeter un coup d'œil, je pense que ça peut t'aider.

— Heiiinnnn! Merci! Vous êtes vraiment fins.

Elle dépose une main sur chacune des nôtres. Elle a retrouvé l'appétit.

— Est-ce que tu vas en prendre un autre? me demande Marilou en pointant les tacos restants.

— Non, non, tu peux y aller.

— Quand je mange ça, je me sens plus proche de mon Luis!

Phil ne cesse de me fixer. Il me déshabille du regard. Du bout de sa cuillère, il étend sensuellement de la sauce blanche sur son taco en de petits mouvements circulaires, comme s'il couvrait mon mamelon de sa salive.

Il sait qu'il a rempli son mandat et que j'ai désormais une dette envers lui. Il ne lui reste plus qu'à encaisser son chèque en blanc. Derrière ses yeux, je vois qu'il évalue ses possibilités.

Il a indéniablement encore une emprise sur moi. Est-ce son odeur? Même le poisson n'arrive pas à l'enterrer. Est-ce le fait d'avoir besoin de ses aptitudes intellectuelles qui m'émoustille? À moins que ce soit l'effet du complet-veston. Le pouvoir, c'est *sexy*.

Peu importe, il me donne envie de me rouler sur le dos, de me faire caresser la bedaine et de ronronner comme un chaton.

Je baisse la tête et prends une bonne croquée de mon taco pour éviter qu'il ne remarque mon teint rosé.

Marilou, elle, voit tout cela. Elle brandit son cellulaire en disant :

— Je vais vous laisser pis aller lire ça...

— Non, reste ! dis-je en lui attrapant le bras. Reste. Je ne veux surtout pas qu'elle nous laisse en tête à tête.

— Ouais, va-t'en pas ! Ça fait longtemps qu'on a pas fait ça, les trois ensemble, blague Philippe.

Marilou se rassoit.

— On a jamais fait ça ! répliqué-je.

— Y est jamais trop tard pour commencer.

Mon cell sonne. Sur l'afficheur, je vois que c'est François.

— Tu réponds pas à ton « chum » ? me demande Marilou en appuyant sur le mot important.

Le visage de Philippe s'assombrit. La réalité le frappe.

— On est en train de manger. Je vais le rappeler tantôt.

Le téléphone sonne à nouveau.

— Y te harcèle-tu toujours comme ça ? demande Philippe.

— Jamais. Ça doit être important. Je reviens.

Je réponds en me dirigeant vers ma chambre.

— Allo ?

— Allo, mon amour ! dit François, pimpant.

— Qu'est-ce qui se passe ?

— Je viens de finir mon *shooting*. J'ai pas eu de tes nouvelles. Je voulais juste savoir ce que tu faisais. Savoir comment ta journée s'était passée.

— Ah ! Ben, on est en train de souper...

— Toi pis Mari ?

— Euhh... oui. J'peux-tu te rappeler plus tard ?

— Aimerais-tu que j'aille vous chercher du dessert ?

— Non, dis-je, net frette sec. Non, merci, on a pas mal mangé...

— Ça peut être quelque chose de santé… des fruits?

— On en a, mais t'es fin.

— OK… Ben… Voudrais-tu qu'on se voie? Je pourrais passer te prendre plus tard?

— Peut-être. Je te rappelle tantôt, OK?

— Ouais, OK…

— Je t'aime, dis-je en chuchotant.

— Moi plus…

François raccroche, déçu et probablement suspicieux.

Je sors de la chambre. Je me sens un peu mal de lui avoir caché la vérité, mais je n'ai pas menti non plus.

— Est-ce qu'il s'en vient? me demande Marilou pour tourner le fer dans la plaie ouverte de Philippe.

— Pas tout de suite. Peut-être tantôt.

J'observe la réaction de Philippe. Son visage s'est assombri. S'il sentait qu'il avait une longueur d'avance en m'assistant auprès de Marilou, il réalise non seulement qu'il a accouru pour rien, mais qu'il est toujours dernier de peloton.

26. La vérité choque

« You can't make someone love you.
All you can do is stalk them and hope for the best. »

Allison Morgan

« Avant de vous diagnostiquer comme dépressif […],
commencez par vous assurer que vous n'êtes pas juste,
en fait, entouré de connards. »

Sigmund Freud

J'escorte Philippe à l'extérieur de l'appart. Je le sens
fâché, mais les petits flocons qui tombent lentement
sur son nez le font paraître plus doux à mes yeux. On a
eu une bordée la nuit dernière ; les lumières orangées
qui éclairent les sentiers du parc devant l'appartement
font scintiller les branches des arbres qui pendent sous
la lourdeur de la neige.

— Merci pour la recherche.

— Qu'est-ce que tu vas m'offrir en échange ?
demande-t-il, de glace.

— Y a jamais rien de gratuit avec toi, hein ! lancé-je
à la blague, question d'alléger l'atmosphère.

— C'est ça, l'amitié, non ? Donnant-donnant ?

— Non, moi en amitié je suis généreuse
gratuitement.

189

— C'est pour ça que le monde abuse de toi.

— Y a personne qui abuse de moi, Philippe, sauf toi, pis c'est fini ce temps-là. Si un merci c'est pas assez, qu'est-ce que tu veux de plus?

Philippe regarde au loin vers le parc désert.

— Je veux lui parler.

Mon cœur cesse de battre dans ma poitrine. Je pense à toutes les conséquences que cette discussion pourrait avoir. Aux photos de moi, nue, que j'ai prises chez lui. À l'effondrement assuré de mon nouveau couple. Je suis prise de panique, mais je m'efforce de garder mon calme.

— Pourquoi tu veux lui parler?

— Je veux qu'y sache.

— Qu'il sache quoi?

— Que t'es pas complètement à lui! Pis que tu le seras jamais vraiment.

— C'est du chantage émotif…

— T'as tout compris.

— Si tu fais ça, je vais te détester jusqu'à la fin de mes jours.

— C'est correct. *Anyway*, on planifie pas revenir ensemble?

— Après ça, c'est sûr que non!

— J'en ai rien à foutre, d'abord.

— Je pensais que tu m'aimais… Quand t'aimes quelqu'un, tu sabotes pas son bonheur.

— Mais tu me fais plus mal que je t'aime. Y s'en vient-tu?

— Non. Y s'en vient pas. J'aurais jamais dû te demander de l'aide! Moi qui te trouvais *hot*… T'as réussi à passer de séduisant à psychopathe en cinq minutes! Dis-lui tout, si c'est ça que tu veux, je m'en fous! Je te déteste. Je te déteste. Je te déteste!!!

Je rentre chez moi en claquant la porte. Je serre les poings et les dents très fort. Je voudrais hurler, mais aucun son ne s'échappe de ma bouche.

Marilou sort le bout du nez de sa chambre.

— Ça va ?

— SUPER ! Tout va super bien ! dis-je en allant m'enfermer dans ma chambre.

Marilou retourne dans la sienne.

Je m'effondre sur mon lit. Je devrais tout dire à François avant que Philippe le fasse. Peut-être qu'il me pardonnera. Je n'ai pas envie de vivre avec une arme pointée sur ma tempe dans l'attente que Philippe appuie sur la détente. Je vais tirer moi-même. Je texte François.

> Est-ce que je peux m'en venir ?

> Yé ! J'aimerais beaucoup.

> J'arrive dans 20.

J'attrape mes skis de fond et j'enfile mon casque. J'ajuste bien la sangle sous mon menton, comme si les trottoirs que j'allais emprunter allaient être dangereux. En fait, c'est plutôt le ciel qui s'apprête à me tomber sur la tête. Je fixe mes bottes à mes skis et commence à faire un remue-méninges pour préparer ma confession.

***

Marilou, assise en indien sur son lit, tape le lien que Philippe lui a fait parvenir par texto dans la barre de recherche de son navigateur.

Cahier de notes et crayon en main, elle s'apprête à lire les discussions, avide d'apprendre ce qu'elle doit faire étape par étape. Toutefois, celles-ci sont en espagnol.

Elle attrape son dictionnaire espagnol-français et se met à traduire les échanges dans son cahier.

Juan: « Pour me débarrasser d'elle, j'ai commencé à me fâcher tous les jours. Je lui ai dit que la relation ne fonctionnait plus, je suis parti après une semaine. »

Ernesto: « Oui, mais tu dois attendre d'obtenir ton permis de résidence ! »

Emmanuel: « Ta carte d'assurance maladie et tes vêtements d'hiver aussi. Ça coûte cher, s'habiller l'hiver ! »

Domingo: « Moi, je l'ai frappée… une seule fois. J'ai fait ma valise ensuite. »

Marilou est choquée, mais continue sa traduction.

Enrique: « Est-ce que tu lui avais dit que tu avais des enfants ? »

Daniella: « Moi oui, il a parrainé les deux. »

Jorge: « Mon truc a été de lui dire, après la première baise, que je l'aimais comme une sœur. Je l'ai fait dormir sur le divan jusqu'à mon départ. Ha ! Ha ! Ha ! »

Luis: « *Doy clases de salsa. Ella está convencida de que estoy en el amor.* »

Marilou fronce les sourcils. Est-ce son Luis à elle ? C'est impossible qu'il ait quelque chose à apporter à ces échanges odieux.

Marilou traduit rapidement la phrase en la notant dans son cahier. Elle se donne du recul pour la relire : « Je lui donne des cours de salsa. Elle est certaine que je suis amoureux d'elle. »

Marilou laisse tomber son cahier et son crayon de chaque côté d'elle. Les larmes lui montent aux yeux. Elle ferme son *laptop* d'un trait.

Elle le rouvre, lis la phrase à nouveau, pour être bien certaine.

— T'es un trou de cul! dit-elle à son écran.

Elle referme le *laptop* pour de bon et, en petite boule, se met à pleurer.

27. Comme une carpe

« *Whoever said "what you don't know can't hurt you"*
was a complete and total moron.
Because for most people I know not knowing
is the worst feeling in the world. »
Meredith Grey, *Grey's anatomy*,
saison 2, épisode 6

François, en boxer, est assis sur le divan en train de
jouer de la guitare. Il la dépose lorsque j'arrive en
sueur avec mes skis dans les mains. Il est content de me
voir. Il vient à ma rencontre, me débarrasse de mon
matériel, puis m'enlace et m'embrasse. En cherchant
dans mes yeux, il essaie d'évaluer mon humeur.

— Vous avez eu un bon souper ?

— C'était correct…

Considérant la manière dont ça c'est terminé…

— Tsé que tu peux me le dire quand tu veux être
toute seule avec Marilou…

— Pourquoi tu dis ça ?

— T'avais pas l'air de vouloir que je vienne. Je sais
c'est quoi, des soirées de filles.

— Ah oui ? dis-je pour plaisanter.

— Oui. T'es pas ma première blonde. Je sais que vous, les filles, avez besoin de temps pour décortiquer ensemble ce qu'on dit pis ce qu'on fait.

Je lui fais un sourire pincé. C'est le bon moment de lui dire que je n'étais pas seule avec Marilou.

— François… J'ai besoin qu'on se parle.

Il sent dans ma voix le sérieux de la chose, mais il en fait abstraction.

— Je nous ai fait couler un bain. On va-tu jaser dedans?

— Un bain?

Il hoche la tête et me tire vers la salle de bains. Il ouvre la porte sur un champ de petits lampions et une baignoire débordant de mousse.

— Je me suis dit que t'aurais envie de te laver en arrivant. J'en ai mis un peu plus qu'un bouchon, ajoute-t-il en faisant référence à la mousse.

— T'es parfait, lui dis-je avec des étincelles dans les yeux, mais triste de devoir gâcher ce moment avec une discussion.

C'est un peu ironique que notre relation ait débuté avec un bain de vérité dans une eau bouillonnante à l'odeur de soufre et qu'elle risque de se terminer dans une eau mousseuse à l'huile essentielle d'ylang-ylang.

François enlève son boxer et s'immerge de tout son long. Je retire mes combines et entre dans le bain sur la pointe des orteils. L'eau chaude picote mes orteils gelés. J'arrive à me plonger dans l'eau jusqu'à la poitrine en prenant bien le temps d'habituer mon corps à ce changement de température. François me regarde, amusé.

— Quoi?

Il s'approche de moi, défait la sangle de mon casque et me l'enlève.

— T'auras pas besoin de ça!

On rit ensemble, puis il m'embrasse passionnément. Il me tire vers lui en s'adossant au bord du bain. Dos à lui, assise entre ses jambes et appuyée contre sa poitrine, la tête sur son épaule, je relaxe et j'oublie tous mes tracas.

— Qu'est-ce que tu voulais me dire?

J'hésite un long moment. Il m'embrasse sur le front, puis me regarde en attendant ma réponse.

— Philippe était là ce soir, au souper.

Il ne dit rien. Il attend la suite avant de réagir.

— Je l'ai invité pour qu'il empêche Marilou de marier son Cubain.

— Est-ce que ç'a fonctionné?

— Je sais pas encore.

— J'aurais pas pu t'aider, moi?

— Phil, y est bon pour convaincre. C'est sa *job*. Il sait beaucoup de choses. Mat aussi, mais Philippe est plus crédible.

— Moi, je suis pas crédible?

— En photo, oui… Pas en immigration. Je te l'ai pas dit pour pas que tu t'inquiètes.

— C'est tout? me demande François, sachant très bien que cela n'est qu'une prémisse.

À go, je lui dis tout.

— Il m'en veut encore beaucoup…

— Ça s'en vient limite inquiétant. Faudrait qu'y se fasse aider.

À go, je lui dis… 1, 2, 3…

— Comme il est un peu obsédé, ça se peut qu'il invente des choses sur moi pour essayer de nous séparer.

— Je vais lui parler, moi! s'empresse de répondre François.

J'écarquille mes yeux.

— Hein? Non, non. Ça va juste être pire. Y endure même pas que je te parle au téléphone. Imagine s'il t'avait en pleine face. Ça va rien amener de bon.

— Je pense que ça lui ferait pas de tort, une petite mise à niveau. Des fois, se faire redresser le portrait, ça remet les idées en place.

— Tu vas quand même pas te battre avec lui?

— Je suis tanné d'entendre parler de lui jusque dans mon bain. Je peux-tu avoir la paix de ton ex?

— T'aurais aimé mieux que je t'en parle pas?

— J'aimerais mieux que tu lui parles pu pis que tu le vois pu pantoute. Je pense qu'il est temps que tu te forces un peu.

— Que je me force? demandé-je, un peu insultée.

— Oui. Je suis écœuré, Amé.

— C'était une exception!

— Ouin, ben ça va bientôt faire un an d'exceptions, là.

— Ben non, pas un an! Huit mois...

François me regarde l'air de dire: «C'est du pareil au même.»

Dans moins de quatre mois, nous célébrerons notre premier anniversaire de couple. Ça va faire un an que je ne suis plus avec Philippe. J'ai l'impression que notre séparation a eu lieu hier, tellement il fait encore partie de ma vie. Comme si je me promenais avec le cordon ombilical qui nous a unis dans le passé dans ma sacoche. Il commence effectivement à être temps que je m'en débarrasse.

— Je sais. C'est beaucoup.

— Ben, fais de quoi!

— OK!

— Je te dis ce dont j'ai besoin pour être heureux dans cette relation-là. À moins que tu préfères que je fasse semblant que tout va bien?

— Je veux pas que tu fasses semblant de rien...

Je m'écarte de François pour qu'il voie que je suis sincère. Il me regarde avec une telle douceur, à fleur de peau. Je veux le rassurer.

— Je le verrai plus. Je ne lui parlerai plus non plus. Promis!

— Promis?

— Oui. Je suis désolée.

François me fixe. Il prend quelques secondes pour me pardonner, pour passer à autre chose.

— On devrait se booker un *roadtrip* ou un voyage pour notre un an.

— Pour être sûrs qu'on se rende jusque-là, dis-je pour plaisanter.

François la trouve moins drôle. Je fais immédiatement du pouce sur sa proposition.

— Où tu voudrais aller?

— Je sais pas… À Québec? Où tu veux… On pourrait se louer une chambre dans une auberge.

— À l'île d'Orléans? proposé-je.

— Y a-tu quelque chose à voir là?

— On pourrait faire le circuit agrotouristique! Et pique-niquer au bord du fleuve après.

— J'aime ça. Tu t'occupes de réserver?

Je perds le sourire.

— Tu veux pas le faire, vu que c'est ton idée?

— Si c'est toi qui choisis, tu pourras pas être déçue. Je veux que ce soit parfait.

— OK…

Je me tourne vers lui et, en position cobra, nos corps collés l'un contre l'autre, je l'embrasse passionnément. Je lui mets un peu de mousse sur le visage.

— Eille, commence pas!

Je prends plus de mousse, mais ma main d'appui glisse au fond du bain et je tombe face première dans l'eau. François attrape une serviette, m'essuie le visage.

— Ça t'apprendra.

Il me donne de doux baisers à son tour. Il sort du bain et je fais de même. Il m'ouvre une serviette, m'enroule dedans et me prend dans ses bras pour m'emporter jusqu'à la chambre.

28. Cowgirl

« No matter how you feel, get up, dress up,
show up, and never give up. »

Regina Brett

« Courage is being scared to death,
but saddling up anyway. »

John Wayne

Une semaine plus tard, j'arrive en catastrophe à l'appartement en quête de vêtements propres. Ça fait plusieurs jours que je dors chez François. J'entre dans ma chambre en retirant ma robe de la veille. J'attrape une robe chic dans mon garde-robe et je l'enfile. De la cuisine, une petite voix se fait entendre :

— Allo…

Je pointe le bout de mon nez en dehors de la chambre. Marilou est assise et mange sans appétit une *toast* sèche tout en lisant le journal. En voyant son air, je réalise qu'elle a dû lire les conversations sur le forum de Cubains et qu'elle est donc désormais au courant que son Luis est un fraudeur. J'aurais dû être plus présente pour elle cette semaine.

— S'cuse, je t'avais pas vue.

Je m'avance vers elle et lui tourne le dos pour qu'elle zippe ma robe.

— T'as pas un cours d'espagnol ce matin? demandé-je, innocemment.

— Ouin...

— Tu y vas pas?

Marilou fait non de la tête.

— Pourquoi?

Elle glisse le journal devant moi. Elle me pointe son signe astrologique. Je lis son horoscope à voix haute:

— «Balance. Il y a trois astres au carré en Balance. Évitez de vous rendre chez quelqu'un à l'improviste. Inversement, ne faites rien qui puisse encourager la présence de quelqu'un qui chambarderait vos plans de vie. Assurez-vous que la présence de l'un et l'autre soit souhaitée avant de vous embarquer.»

— Ah ouin? Qu'est-ce que tu penses que ça veut dire?

Marilou s'emporte:

— C'est évident. Même moi, je suis capable de faire le lien!

— Tu vas pas à ton cours à cause de ton horoscope? Ou à cause d'autre chose?

Oui, je vais à la pêche!

— À cause de mon horoscope. C'est un avertissement clair que peut-être que, moi pis Luis, on est pas dus maintenant. Quand c'est un message d'en haut, c'est un signe de maman.

— Es-tu allée voir le lien que Philippe t'a transféré?

Marilou bougonne et me fait signe que oui en prenant une petite bouchée de sa *toast*.

— Mais c'était en espagnol, dit-elle.

— T'es rendue bonne, pourtant...

— Pas tant que ça.

— Tu pourrais le faire traduire par ton prof si t'allais à ton cours? Je suis sûre que ça lui ferait plaisir, insisté-je, enthousiaste.

Marilou hausse les épaules. Puis, comme un raz-de-marée, ses yeux se remplissent de larmes. Elle éclate en sanglots, incapable de mentir davantage.

— Mari, qu'est-ce qui se passe? dis-je en approchant ma main pour lui caresser le dos.

Elle a un mouvement de recul; elle refuse que je la console.

— Je le sais que c'est toi qui es derrière tout ça... Je suis pas conne.

Je me sens un peu coupable de l'avoir piégée, mais, en même temps, c'était la seule façon d'en arriver à ce dénouement certainement cruel, mais moins dommageable à long terme.

— Vous aviez raison, OK? Luis, y m'a jamais aimée. C'est une coquerelle. Y cherchait juste à vivre dans mes murs pis à se nourrir de mes restants en attendant de se trouver une autre maison.

Marilou pleure plus qu'aux funérailles de sa mère. Sa tristesse causée par Luis fait jaillir des blessures bien plus profondes. Je suis désemparée. Je n'ai jamais été très habile avec les débordements d'émotions. J'aurais besoin d'assistance pour gérer cette crise, mais l'humain en moi suit son instinct: je la serre très fort dans mes bras.

— C'était pas lui, Mari. Le tien, ça va être un homme bon, généreux et honnête, comme toi!

Le visage sur mon épaule, elle morve sur ma robe tailleur. Je vais devoir me changer...

— Je le trouvais beau. J'aimais sa culture. On avait plein de choses en commun.

— Y en a ici, des latinos avec un passeport canadien. T'es pas obligée d'aller le chercher ailleurs.

— T'es tellement chanceuse, toi! Moi aussi, je veux qu'un gars prenne l'avion pour moi. J'veux qu'un ex m'achète une Vespa même si j'en veux pas.

— Ça amène plein de problèmes...

— J'en veux, des problèmes! J'veux un ex, Amé! Parce que ça voudrait dire que j'aurais eu un chum au moins une fois dans ma vie! Mat, lui, les filles lui tournent autour comme des mouches. Sont où, mes mouches à moi?

— Les mouches, Mari, sont attirées par des tas de marde, dis-je pour la faire rire, sans succès.

— Mat, c'est quoi d'abord?

— Mat, c'est... c'est le ruban adhésif jaune qui attrape les mouches. Y est super efficace, mais y en a pas une qui survit avec lui.

Marilou esquisse un petit sourire. Enfin, le gros nuage noir est en train de passer, je retrouve mon rayon de soleil.

— Je dois partir, vas-tu être correcte?

Marilou fait signe que oui.

— Je soupe chez maman ce soir, annoncé-je.

— Elle était pas partie à l'autre bout du monde?

— En Corée, je pense. Non... Au Japon. Je sais pu, mais ç'a l'air qu'elle est revenue. Veux-tu venir?

— Ben non, tu la vois jamais, vas-y seule.

— Elle t'aime beaucoup, tu sais.

Je sais très bien que Marilou déteste être seule. En moins de deux, elle change d'idée:

— OK.

— Yé!

Je me rue vers ma chambre pour constater les dégâts sur mon épaule. De la cuisine, Marilou, de meilleure humeur, me lit mon horoscope:

— «Poissons. Il n'est pas réaliste de vouloir plaire à tout le monde. Essayez de faire plaisir aux personnes que vous aimez réellement plutôt qu'à celles qui vous tirent vers le bas.»

Alors que j'enfile une nouvelle robe, je suis happée par cette prédiction.

— Qu'est-ce que ça veut dire, tu penses? dit Marilou, qui le sait clairement.

Je jaillis hors de ma chambre en refaisant ma queue de cheval et je tourne le journal vers moi pour vérifier que Marilou a lu le bon signe astrologique. Pressée de partir, je lance à mon amie :

— Que les astres sont pile-poil aujourd'hui. Pis que, moi aussi, je devrais agir en conséquence. À ce soir !

***

J'arrive légèrement en retard au travail. Louis vient à ma rencontre alors que je me dirige vers mon bureau.

— Je me demandais si ça allait arriver un jour.

— Quoi ça ?

— Il est 9 h 15, t'es finalement arrivée en retard !

— Je suis désolée, Louis, j'ai eu un petit pépin avec les transports en commun.

Louis grince des dents, se bouche les oreilles. Il préfère ne pas se souvenir de ses expériences malheureuses en utilisant ceux-ci.

— Pourquoi tu ne t'achètes pas une Vespa, hein ? C'est européen. T'aimes ça, l'Europe. T'arrives de d'là !

Je perds le sourire à mon tour en pensant à ma dernière expérience en scooter.

— J'ai fait un essai routier, mais tant qu'à porter un casque j'aime mieux pédaler.

— Comme tu veux, mais tu peux pu faire attendre les clients à cause de… des…

Il ne veut pas dire le mot. Je termine sa phrase :

— Des transports en commun.

Louis chasse ces mots de ses mains comme s'il souhaitait repousser une maladie honteuse.

— Y a un client important qui t'attend dans ton bureau.

— Hein ?

— Envoye, grouille ! Pis j'espère que j'ai pas besoin de m'inquiéter.

— De quoi ?

— Que ta vie personnelle vienne affecter nos affaires ici, dit-il en pointant mon bureau.

Au bout du doigt de Louis, j'aperçois Philippe, qui m'attend patiemment.

AH NON !

Je m'immobilise et me tourne vers Louis, qui me regarde, l'air de dire : « Qu'est-ce que t'attends ? » Je m'avance en direction de Philippe, puis ferme la porte de la pièce pour l'enfermer à l'intérieur.

Je demande à Louis de venir me voir. Il s'approche, tel un caporal prêt à réprimander son soldat.

— Qu'est-ce que tu fais ? Ouvre la porte !

— Je peux pas, Louis.

— Ici, c'est ton client, pas ton ex !

— Alors, pour les intérêts de mon client, ça serait mieux que je serve pas mon ex.

— Si y est assis là, ça veut dire qu'il veut être servi par son ex !

— Il fait exprès, Louis !

— On n'est pas à la maternelle ici, ma belle. C'est le Far West !

— Justement ! Volez-le-moi ! Il est sans surveillance. Je vous le laisse. Je suis prête à vous l'échanger contre n'importe quel autre petit avocat pauvre.

— T'es pas dans la LNH non plus ! On s'échange pas des joueurs.

— Louis, j'ai pas le droit de l'avoir dans mon équipe.

— Selon qui ?

— François.

— Franc… ? Amélie. Dans le Far West, c'est moi le shérif. Pas ton *fling* de photographe.

— C'est pas un *fling*.

— Amélie, c'est moi qui fais la loi. Montre-moi que t'es un cowboy.

— M'as-tu déjà vue en jeans et bottes de cowboy, Louis ? lui demandé-je en lui pointant ma petite robe moulante.

— Y a personne qui connaît ses comptes mieux que toi, affirme Louis en me coupant. Un avocat content, c'est toute une firme contente. Allez. Au galop !

Louis ouvre la porte de mon bureau, me pousse à l'intérieur et la referme derrière moi.

Je m'assois.

— T'as pas pris rendez-vous...

— Ton adjointe m'a dit que t'étais libre ce matin, j'ai pris l'initiative de faire un *drop-in*.

— À l'avenir, ce serait mieux que tu prennes rendez-vous. Qu'est-ce que je peux faire pour toi?

— Je voulais qu'on règle notre différend en personne.

— C'était pas un différend. C'était une menace.

— Et je m'excuse. J'ai *badtrippé*.

— Tu penses? dis-je, sarcastiquement.

— Je veux pas qu'on se déteste. Ni que tu regrettes ce qu'on a fait. J'essaierai pas de lui parler, à ton *rebound*.

— François, c'est pas un *rebound*.

— C'est toi qui vis avec tes mensonges, pas moi.

— Exactement.

— Fait que, j'ai décidé de transférer mes placements dans une autre succursale.

— HEIN? Ben non! T'es pas obligé! Phil, y a d'autres solutions.

— Je suis devenu associé.

— Hein!!! Félicitations!

— Merci!

— Pourquoi tu me l'as pas dit hier?

— C'est ce que j'avais prévu, mais le téléphone de ton «chum», ça m'a *fucké*.

— Je suis tellement contente pour toi! Je vais te faire un super bon taux! Combien faut que tu empruntes?

— Je pense que tu m'as pas bien entendu, Amé.

— Philippe, tous tes associés sont ici. Tu peux pas t'en aller ailleurs!

— Je veux pu que t'aies accès à mes finances. Que tu voies ce que je fais. Je pense que c'est légitime.

— Oui... mais pas besoin de changer de banque pour ça, je peux transférer tous tes comptes à un autre planificateur. Je pourrai pu fouiller. PAS! Je pourrai pas fouiller, dis-je pour me rattraper.

— Non. J'ai pris ma décision. S'il faut que je sorte de ta vie, ben mon argent sort aussi. C'est mieux qu'on se croise pu ici non plus.

— OK… Je peux pas te forcer à rester, mais t'aurais été entre de bonnes mains ici.

— Je suis sûr que oui. C'est sans rancune.

— Sans rancune, dis-je, déçue.

— J'ai trouvé des affaires à toi chez nous, veux-tu passer les chercher en fin de semaine?

— Je peux pas. Tu pouvais pas me les apporter ici?

— Tu peux pas? dit-il en ignorant ma question.

— J'ai pu le droit de te voir.

— C'est ton *fling* qui a décidé ça? me lance-t-il méchamment.

Je ne sais pas ce qui m'empêche d'exploser. Sûrement la cowgirl en moi qui sait que dresser un étalon borné, c'est peine perdue.

— C'est pu un *fling*, Philippe. Le premier week-end de juin, ça va faire un an que je suis en couple avec François. Que toi et moi, on n'est plus ensemble.

Phil émet un petit rire condescendant.

— J'espère que vous allez vous rendre! Allez-vous célébrer ça en Suisse avec ton père? demande-t-il, rancunier.

— Non. Mais si tu tiens à le savoir, on a prévu aller à l'île d'Orléans, lui lancé-je pour frapper là où ça fait mal. Tu sais que j'ai toujours…

— Voulu y aller, je sais. Tu vas enfin y goûter, à la meilleure brioche du Québec.

— T'as jamais voulu venir.

Philippe se lève.

— Tu vas préparer les papiers pour la fermeture de mes comptes? demande-t-il.

— Oui.

— Je vais mettre mon nouveau PF en contact avec toi pour le transfert.

— Qu'est-ce que j'ai chez toi ?

— Rien d'important. Je donnerai ça à Marilou quand tu seras pas là.

— Je te gage qu'y a rien ! dis-je, certaine qu'il bluffe pour m'attirer chez lui.

— Pense ce que tu veux.

Phil me tend la main.

— Ç'a été un plaisir de faire affaire avec vous pendant ces quatre dernières années, mademoiselle Boutet.

— Je vous souhaite beaucoup de succès… Philippe.

Je le regarde partir, sceptique quant au réel objectif de cette rencontre. Si j'ai affaire à un fin manipulateur, il veut fermer ses comptes pour me punir, tout simplement, non pas parce qu'il est inquiet que j'aie accès à ses placements. Le connaissant, fier et vantard comme il est, je crois qu'il aurait plutôt voulu que je sache à quel point il fait beaucoup d'argent en tant qu'associé.

Il veut que je revienne à la charge. Il veut que je le supplie de rester. Il sait que je sais que c'est avec cent mille piasses qu'on fait des millions.

29. Telle mère, telle fille

«Toutes les femmes finissent par ressembler à leur mère,
voilà leur drame.
Mais cela n'arrive jamais aux hommes, voilà le leur.»

Oscar Wilde

Lorsque j'arrive chez maman, vêtue de mon *kit* de
ski, Marilou est déjà assise à la table de la salle à
manger en train de piger dans le bol de salade devant
elle.

— J'suis là! lancé-je en entrant en catastrophe et
laissant claquer la porte derrière moi.

Je secoue la neige de mon manteau et retire mes
bottes. Puis, j'entends:

— Ah, enfin! Ma poupoune, tu arrives juste à
temps, c'est prêt, affirme ma mère en déposant une
assiette de pâtes à la sauce tomate pour moi et une
autre devant Marilou.

Micheline disparaît à la cuisine chercher la sienne.
Je m'installe au bout de la table, casque sur la tête.
Sur la petite montagne de pâtes, maman a créé un

bonhomme sourire à l'aide de copeaux de parmesan. Cette tradition est sa démonstration d'amour maternel à mon égard ; le câlin qu'on ne se donne pas. La décoration fait sourire Marilou. Tant mieux. Moi, je suis habituée et immunisée.

— Je suis désolée, Philippe est passé à la banque, dis-je pour leur expliquer mon retard. C'était pas une bonne journée.

— Fait que son aide était pas gratuite finalement ? Maman revient s'asseoir avec nous.

— Philippe ? C'est encore toi qui gères ses comptes ? questionne ma mère, étonnée.

— Pu maintenant. Il est venu pour tout transférer ailleurs.

— C'est une bonne affaire, réplique ma mère. Tu t'occupes déjà des finances de ton nouveau chum, non ?

— Oui…

— C'est assez, hein !

— Maman, tu comprends pas ! Mon chum, je lui ai fait faire une consolidation de dettes pour qu'il arrête de payer de l'intérêt ! Je vais pas gagner le concours de la meilleure PF avec ça ! Philippe avait besoin d'emprunter pour s'associer.

— Les gens qui n'ont pas de dettes, c'est eux, les vrais riches, affirme ma mère.

— Oui… mais non, maman. C'est avec de l'argent qu'on fait de l'argent. Philippe allait devenir un super bon client plus tard. Je l'ai perdu à cause de…

— De moi, réplique Marilou, honteuse.

— De toi ? s'exclame Micheline, confuse.

— Ben non, Mari, c'est à cause de moi ; de notre historique de la dernière année.

— De quel historique parles-tu ? me demande maman, qui essaie désespérément de suivre la *puck*.

Marilou me regarde, surprise de l'ignorance de ma mère. Elle semble inquiète de devoir assister à la récapitulation de mes déboires amoureux depuis le big bang. Je vais les épargner toutes les deux, ainsi que ma salive.

— Philippe a jamais vraiment arrêté de me tourner autour depuis qu'on est séparés. Une vraie mouche.

— Si Philippe, c'est une mouche, ça voudrait dire que t'es un tas de marde, ma poupoune. C'est loin d'être le cas!

Entendre mes propres paroles de la bouche de ma mère me fait réaliser à quel point la pomme n'est pas tombée loin de l'arbre. Marilou et moi nous regardons, complices. Ma mère le remarque et croit qu'on se moque d'elle:

— C'est vrai! Tu es une fleur, ma poupoune; un cœur saignant! Toi aussi, ma belle Marilou!

— C'est pas une espèce toxique, ça? sonde Marilou, qui a sûrement lu, avant de partir en randonnée sur le mont Royal, un article envoyé par son père pour la mettre en garde contre les plantes dangereuses.

— Un géranium, si tu préfères. Avec le temps, la vie va vous faire découvrir si l'homme qui vous tourne autour est le colibri qui vous convient.

— Ouin, ben, Philippe a jamais été un colibri: c'est un aigle royal, pis je le sais depuis le début!

— Donc tu préfères les rapaces! précise ma mère.

— Ils sont puissants, ils défendent leur territoire pis ils ont un nid énorme.

Maman lève les sourcils en guise d'approbation.

— Moi, j'en ai jamais vu, des colibris, rétorque Marilou.

— C'est normal, ce sont des oiseaux rares! Et quand il y en a finalement un, ça se peut que tu ne le voies même pas tellement il te passe vite devant le visage. Comme une comète! Zzzzoup! Il faut être attentive pour les remarquer! Ça vaut toujours la peine d'attendre.

— As-tu entendu ça? demandé-je à Marilou en faisant référence aux sages paroles de ma mère. Sois attentive!

Marilou hoche la tête, la bouche pleine de pâtes. Un ange passe. Elle semble réaliser quelque chose d'important.

— Toi, est-ce que tu l'es ? me demande ma mère.

— Moi ? À propos de quoi ?

— À propos du genre de personne dont tu as besoin, les qualités chez l'autre qui sont bonnes pour toi...

— Ben oui ! dis-je, comme si c'était une évidence.

— Ah oui ?

Il est vrai que Philippe et François ne sont pas des oiseaux du même genre. L'aigle royal est fonceur, robuste, il a des serres extrêmement puissantes pour garder ses proies prisonnières et, comme les avocats, c'est une espèce protégée, impossible à détruire.

François, quant à lui, fait plutôt penser au grand héron. Il est long, filiforme et marche par grandes enjambées. C'est un chasseur patient, capable de rester immobile pendant de longues minutes pour capturer la plus belle image de l'objet de son désir. Sa marche nuptiale est élaborée, marquée de coups d'éclat et digne d'une grande migration. Il a un riche répertoire d'expressions gestuelles : il a toujours la main dans les cheveux et se les tire un peu lorsqu'il réfléchit.

Et moi ?

Quel genre d'oiseau suis-je ?

Une autruche ? Parce que j'ai la tête enfouie dans le sable, refusant d'admettre le genre d'homme dont j'ai besoin ?

Un fou de Bassan ? Car je suis folle de ne pas me méfier des hommes, comme cet oiseau qui se laisse trop facilement approcher et capturer ?

Dans le fond, c'est moi le colibri. Avec mon indécision, je commence à être réputée pour ma faculté à voler rapidement dans toutes les directions. Et comme le plumage de l'oiseau-mouche, je suis chatoyante. Je les hypnotise tous avec ma capacité à changer de couleur selon l'angle duquel on m'observe.

Alors, quelles sont les qualités de l'homme dont j'ai besoin ?

— Il doit être patient pour attendre de m'attraper et fort pour me garder captive, réponds-je à ma mère. Fait que c'est ça qui est ça !

30. Orléans express

« Il n'y a rien de plus précieux
que d'exister pour quelqu'un. »

Quatre mois se sont écoulés sans la moindre nouvelle de Philippe. Un printemps sans vague a fait place à un été vierge de drame. Je me tiens debout devant mon lit, sur lequel sont parfaitement étendus quatre *kits* de vêtement avec leurs paires de chaussures assorties.

J'ai besoin de :
– un *kit* de randonnée, pour aujourd'hui, avec souliers de marche ;
– une grosse veste chaude ;
– un *kit* chic, pour notre souper romantique à l'auberge ce soir, avec souliers à talons et lingerie fine ;
– un *kit* normal, pour demain ;
– un *kit* sport avec souliers de course, au cas où j'aurais envie d'un jogging ;
– une trousse de beauté de voyage.

Mon petit bagage de cabine noir fait pitié. Il n'arrivera jamais à tout gober. Je sors une grosse valise du garde-robe et délaisse l'autre. Comme si je faisais un casse-tête, je place minutieusement et stratégiquement chaque morceau dans la valise pour ne rien froisser.

— Où est-ce que tu t'enfuis ? me demande Mat dans le cadre de porte en sirotant son latté.

Sourire aux lèvres, je réponds :

— À l'île d'Orléans, pour un week-end d'amoureux.

— T'es sûre que t'as tout ce qu'il te faut ? dit-il, sarcastique, en regardant la montagne de linge qui jonche mon lit.

— Je suis prête pour l'été des Indiens ou un système dépressionnaire ! dis-je en montrant mes différents choix vestimentaires.

— J'ai une plus grande valise, si tu veux...

— Ça va être beau !

On se regarde d'un air moqueur.

— Pis toi, qu'est-ce que tu fais ici ? Es-tu venu te cacher ?

— Juste le temps qu'elle s'en aille. Je lui ai fait un chemin de *post-it* jusqu'à la porte. Elle devrait être bonne pour sortir de chez nous quand elle se réveillera.

— Qu'est-ce qu'elle avait de pas correct, elle ?

— Elle m'a acheté une brosse à dents pour chez elle.

— Honnnnn...

Connaissant l'opinion de Mat sur les emménagements précipités, je suis mal à l'aise pour la fille.

— Tu vas lui donner son 4 % ?

— Gentiment. Je vais quand même la référer.

Mat se trouve drôle et me lance ce sourire niais que je connais si bien.

— Finalement, c'est toi, l'agace.

— Non. Ça s'appelle être fin, corrige Mat, l'index en l'air.

— Tu lui as sûrement donné des signes pour qu'elle fasse ça.

— Le même genre de signes que tu donnes à Phil pour qu'il rapplique aux deux mois?

— T'es en retard dans les mises à jour, on est rendus à quatre mois.

— Humm! Ben oui.

Mat ne me croit nullement. Je n'ai pas envie de le convaincre. Je tente de fermer ma valise, mais elle déborde. Du cadre de porte, Mat me regarde faire, amusé, puis vient à ma rescousse. Il s'appuie dessus. Je zippe. Il la dépose par terre.

— J'espère que tu vas en trouver une plus spéciale que les autres un jour.

— Sont toutes *vraiment* spéciales, dit Mat, insinuant qu'elles sont toutes folles.

— À tes yeux, je veux dire!

— Non. À vous regarder aller, toi pis Mari, ça donne pas le goût de trouver cette personne-là ni de la chercher. Vous passez plus de temps à vous torturer qu'à en profiter.

— Ben, pour moi, c'est fini la torture. Là, je vais en profiter!

— Pas besoin d'être en couple pour se taper un *roadtrip.*

— Ça te manque pas d'être en amour, d'être admiré, de compter pour quelqu'un?

— Je suis en amour tous les jours. Pis je compte pour toutes les filles avec qui je suis, dit Mat pour plaisanter.

Je lui fais un air signifiant: «T'es con!»

— Le célibat, c'est pas une maladie. Pourquoi faudrait que je me justifie d'aimer mon style de vie?

— Je ne te comprendrai jamais, dis-je pour clore le débat.

— Pour avoir une référence, il aurait fallu que t'essaies d'être célibataire deux minutes entre Phil pis François.

— Peut-être, mais moi ce qui m'intéresse, c'est de bâtir quelque chose avec quelqu'un, pas de baiser tout ce qui bouge. J'ai pas envie d'avoir de mauvaises expériences comme Mari.

— Premièrement, « baiser tout ce qui bouge », c'est vulgaire. Moi, j'ai des « relations ». Deuxièmement, les mauvaises expériences, c'est du *screening*. J'veux pas *dater* une fille avec qui ça marche pas sexuellement. Si t'avais baisé avec François le soir où tu l'as rencontré, penses-tu que tu sortirais avec ?

— C'est quoi cette question-là ?

— Mari m'a dit que tu trouvais ça normal avec lui.

— Vous parlez de moi dans mon dos ?

— Amé, je suis votre entonnoir. Tout ce qui se passe ici finit à moi, dit-il en mimant son propos.

— Comparé à Phil, oui, c'est normal. Mais c'est pas négatif.

— Donc c'est *hot* ?

Je hausse les épaules. *Hot*, c'est un peu fort comme mot.

— Ben oui…

La valise est par terre. Mat l'a déposée et elle est zippée. Je reçois un texto de François :

Je suis là.

J'embrasse Mat sur la joue.

— Ça suffit, l'interrogatoire. Moi, tout va bien ! Même Marilou, c'est réglé. Si tu te cherches un projet de fin de semaine, assure-toi donc qu'elle ait pas de rechute pendant que je suis partie.

Je sors de ma chambre en transportant difficilement mon lourd bagage. Dans le couloir qui mène vers la porte d'entrée, je tombe sur le *maestro* d'espagnol de Marilou, qui sort de sa chambre en boxeur.

— *Buenos días !* nous lance-t-il en se dirigeant vers la salle de bains.

Mat et moi lui répondons à l'unisson :

— *Buenos días…*

Lorsqu'il ferme la porte, je regarde Mat, qui rebrousse chemin en lançant :

— Je pense pas qu'elle va avoir besoin de moi. Bon week-end !

Mat quitte la pièce par la porte arrière alors que je sors par l'avant en traînant mon bagage qui n'a pas de roulettes.

François m'attend au volant d'une vieille Chevrolet Camaro décapotable rouge des années soixante. Je m'arrête, surprise, pas certaine d'aimer ça.

— Qu'est-ce qui s'est passé avec la jeep ?

— Rien, je l'ai louée pour notre *roadtrip*. C'est *hot*, hein ?

— Il fait pas si chaud que ça...

— Avec ta grosse veste rouge à carreaux, tu vas être super bien. Au pire, on mettra le chauffage.

— On va-tu se rendre ?

François cherche le bouton pour ouvrir le coffre. Il le trouve finalement et émerge de sous le volant.

— Inquiète-toi pas !

Il sort de la voiture en sautant par-dessus la portière, empoigne ma valise et la jette dans le coffre. Il m'embrasse vite.

— On y va ?

— Je vais juste aller me chercher un...

Je lui pointe la mise en plis que j'ai soigneusement réalisée ce matin en cas de prise de *selfie*. Je cours vers la maison.

***

Nous traversons le pont de l'île d'Orléans. Avec mon petit foulard de grand-mère sur la tête et mes grosses lunettes de soleil, j'ai des airs de Susan Surandon dans *Thelma et Louise*.

Les vieux haut-parleurs de la Camaro crachent la chanson *You already know* d'Arcade Fire que François et moi chantons en duo.

À force de répéter les paroles du refrain, je deviens pensive. Depuis des mois, je me demande ce que devient Philippe. Une partie de moi s'ennuie : de lui ou du drame, difficile à dire. C'est tellement étrange de faire disparaître complètement un être aimé de sa vie. Comme s'il n'avait jamais existé. Comme s'il n'avait été qu'un mauvais rêve. Avec le temps, les mauvais souvenirs s'estompent et les bons se faufilent à la surface de ma mémoire, malgré ma rancune. Je me demande si j'ai pris la bonne décision en le quittant. Aurais-je dû me laisser du temps avant de commencer une relation aussi vite avec François ? Est-ce que François est mon *rebound* ? Aurais-je dû donner une quatrième chance à Philippe ?

J'aime François éperdument, mais est-ce vraiment d'un grand héron que j'ai besoin ? Est-ce lui l'homme de ma vie ?

La chanson de Win Butler me parle. Elle me dit que j'ai la réponse à mes questions à l'intérieur de moi et que je dois arrêter de me poser toutes ces questions, car…

You already know… Tu l'aimes. Qu'est-ce que tu attends pour t'engager ? Pour lui acheter une brosse à dents ? Il n'attend que cela.

J'ai l'impression que notre relation est un yogourt en train de virer en crème sure un peu plus, jour après jour. Mais on le déguste quand même, en silence, sans mentionner le changement de goût.

Le déni, quoi !

Dans ce cas, Win Butler me dit : « Arrête de te demander pourquoi tu es triste, tu le sais. »

François immobilise la décapotable devant le bureau touristique à l'entrée de l'île. Je cours chercher un guide contenant la liste des petits producteurs du terroir et des commerces de cuisine régionale pour organiser notre circuit.

À mon retour dans la voiture, je déplie la carte.

— Alors… chocolaterie, cassis, vignoble, cidrerie, casse-croûte – non –, mais celui dédié aux produits du canard, ça pourrait être intéressant : frites cuites dans le gras de canard, poutine au foie gras. Ouf ! Si on commence par ça, on finira pas le circuit : verger, bleuetière – miam oui ! –, fraises – l'autocueillette, ça, ça me tente pas vraiment –, érablière et volailles. Oh ! On pourrait aller souper dans un moulin ?

— Si tu veux.

— Mais ça te tente-tu ?

— Si ça te tente, moi ça me tente.

— Mais *toi*, t'as envie de quoi ?

— Comme toi.

Je n'insiste pas et poursuis l'énumération de nos possibilités.

— Vinaigrerie, boulangerie, pâtisserie – je spécifie que les recettes sont inspirées de nos arrière-grands-mères –, confiserie, fromagerie – hein, savais-tu que le premier fromage en Amérique a été fabriqué ici ? Faut l'essayer ! Est-ce qu'il y a quelque chose qui te parle ?

— Tout ça.

— OK… Est-ce qu'il y a quelque chose qui te tente pas ?

— Non.

— T'as pas d'opinion ?

— Non. Peu importe, ça me dérange pas. Je veux que tu sois heureuse.

Bon. C'est lourd ça !

— Ben, moi aussi, je veux que t'aies du fun !

— J'en ai déjà d'être ici avec toi.

— OK, mais…

Bon, on va pas se chicaner, on a même pas commencé notre virée gourmande.

— OK, ben on commence par le cassis pis on fait le tour. Je te dirai où arrêter.

— Parfait ça ! dit-il, ultra-enthousiaste.

Qu'est-ce qui s'est passé avec le gars qui veut aller sauter en parapente, qui me force à me baigner en maillot *cheap* et qui me convainc de manger de la fondue au fromage?

Je devrais être contente qu'on fasse exactement mon circuit, sans compromis. Je devrais être heureuse d'avoir à mes côtés un «bon gars», gentil, qui veut me plaire.

Mais c'est quoi, un «bon gars»? Quelqu'un qui pense toujours aux autres avant lui, qui est attentionné, à l'écoute, qui ne dit jamais «non», qui est toujours prêt à rendre service? Qui ne critique jamais? Bref, tout le contraire de Philippe.

Qui se laisse mener par le bout du nez? Qui ne s'affirme pas? Ça aussi, c'est tout le contraire de Philippe.

Qu'est-ce qui est le plus *sexy*? Un gars qui s'affirme, qui sait exactement ce qu'il veut et qui vient ébranler nos convictions? Ou un gars un peu mou, sans véritable opinion, qui attend qu'on prenne des décisions à sa place?

Ce comportement est une bombe à retardement. Ça implique qu'il garde tout pour lui pour ne pas déplaire, qu'il ne dit pas le fond de sa pensée. Un jour, il va exploser.

***

L'île d'Orléans est divisée en six municipalités. François stationne la Camaro à Saint-Jean-de-l'île-d'Orléans, au bord de l'eau, tout près d'une petite église construite en 1734, classée monument historique.

J'installe la couverture sur le gazon en déposant mes souliers de marche à chaque extrémité pour éviter qu'elle s'envole. Je libère ma mise en plis de mon foulard protecteur.

Je prends une photo de la voiture sur la berge qui fait face à l'horizon et la publie sur Instagram. #nofilter

Ce *hashtag* clame haut et fort à mes *followers* que le paysage que nous avons sous les yeux ne nécessite aucune retouche pour être splendide. Notre activité de couple est donc géniale au naturel ; soyez-en jaloux !

François sort notre pique-nique aux saveurs de la Nouvelle-France. Je suis excitée à l'idée de déguster nos provisions récoltées en chemin.

François n'a pas perdu son enthousiasme malgré la faim qui l'afflige depuis la dernière heure et notre douzaine de « derniers » arrêts.

Le fleuve est paisible, comme notre couple en ce moment, loin du tourbillon de la ville et des bourrasques qui n'ont cessé de nous happer.

Je débouche la bouteille de blanc, que je verse dans deux coupes en inox. Le vin sent le métal froid. Je déteste ces coupes. J'aurais dû en apporter des vraies.

François lève son verre et attend que je choisisse la raison du toast.

— C'est à ton tour, me dit-il.

— À ta patience légendaire avec moi !

Il est d'accord avec ce toast. Nos coupes en acier s'entrechoquent dans un bruit de casserole. Nous buvons à la plus grande qualité de mon chum.

Une voiture se stationne à côté de la nôtre.

— Y auraient pas pu aller ailleurs, eux ? dis-je, amère. Y a une île au complet, mais il faut qu'ils s'installent à deux mètres de nous !

François est beaucoup trop occupé à sortir la moutarde d'antan et les rillettes artisanales pour remarquer quoi que ce soit :

— *Fuck*, on a oublié le pain ! dit-il.

— On pourrait les envoyer en chercher, eux ! lancé-je en pointant nos nouveaux voisins du menton.

— Je serai pas parti longtemps, promis, dit-il en se levant.

— Attends !

Je sors le plan de l'île et lui pointe un endroit.

— C'est à cette boulangerie-là que je voulais aller. Prends une brioche, ç'a l'air qu'elles sont super bonnes.

François prend le plan et part en voiture. Je suis seule avec l'autre couple fatigant qui ruine ma vue de la grève. Je me demande s'ils sont plus beaux que nous et combien de temps ils vont s'endurer.

La fille débouche sa bouteille de blanc; comme moi tout à l'heure... Ils trinquent à leur bonheur... Le gars sort sa moutarde d'antan, ses rillettes...

Coudonç! Est-ce qu'on est tous pareils? Si peu originaux? J'ai presque envie de supprimer ma photo.

Le gars sort ensuite une belle grosse miche de pain d'un sac en papier brun. Ils sont parfaits.

Si une guerre éclate, contrairement à nous, ce couple survivra à la famine. Le pain, c'est l'aliment stratégique, la pièce de subsistance par excellence: tant qu'il y a du pain, on a le ventre plein.

Comment ai-je pu oublier cet aliment de base?

Dois-je penser à tout?

En cas de guerre, pourrais-je compter sur François?

***

François entre dans la boulangerie rustique. Une longue file d'attente le précède. Il sort son cellulaire pour passer le temps.

Au comptoir de la boulangerie, un homme commande une brioche. La boulangère lui signale qu'il est chanceux; c'est la dernière.

François lève les yeux en entendant cette mauvaise nouvelle pour lui. Il veut protester, mais, lorsqu'il aperçoit l'homme à la caisse, il se ravise. Il le connaît. Cet homme lui dit quelque chose.

Est-ce bien celui qu'il pense?

L'homme termine de payer.

Alors que l'inconnu se dirige vers la sortie, François croise son regard brièvement, pendant une fraction de seconde. L'homme, nullement surpris, esquisse un petit sourire diabolique sans arrêter sa course.

Oui. C'était bien lui.

Philippe.

31. Quand le matou est là, les souris capotent

« Une promesse, c'est comme un plat gratiné,
chaud et savoureux à la minute où ça sort du four,
froid et insipide une heure après. »
Éric-Emmanuel Schmitt, *Un homme trop facile*

J'en ai manqué un bout. Qu'est-ce qui s'est passé entre le moment où on trinquait en son honneur et la dégustation de la miche de pain ? Est-il réellement fâché ou déçu de lui-même de ne pas avoir pu me rapporter une brioche ? C'est pas siiii grave ! Je suis heureuse quand même. On reviendra une autre fois sur l'île.

François roule en direction de l'auberge, cellulaire à la main, bien que ce soit illégal. Sa mère, Maryse, lui raconte sûrement que ses fleurs ont bien poussé depuis la dernière fois qu'ils se sont parlé.

Il raccroche en gardant les yeux sur la route. Il m'ignore depuis un moment.

Il doit avoir une insolation. On s'est longuement prélassés au soleil. Il n'a pas bu assez d'eau. Je vais lui acheter une casquette.

Je brise le silence, que je commence à trouver insupportable.

— Comment se porte son jardin?

— Bien.

— Qu'est-ce qu'elle avait de bon à raconter?

— Pas grand-chose.

— Qu'est-ce qu'elle voulait que tu me demandes?

— Si ça nous tente d'aller souper lundi.

— Ah, ben oui! dis-je, enthousiaste. C'est une bonne idée.

François ne réagit pas.

— Ça te tente pas?

— J'sais pas, dit-il, bête.

— Qu'est-ce que t'as? T'es bizarre…

François ne répond rien.

— Est-ce que j'ai fait quelque chose de pas correct?

François se retourne vers moi et me demande d'un ton sérieux:

— As-tu revu Philippe?

Je recule dans mon siège, happée par la question. Tout mon visage se crispe.

— Pourquoi tu me demandes ça?

— L'as-tu revu?

François, ayant perdu toute sa belle patience, répète:

— L'as-tu revu?

Dans le livre *Comment tuer la romance pour les nuls*, la leçon numéro 1 est «Parler de son ex», tout juste avant la leçon numéro 2: «Faire une infection urinaire».

J'hésite donc à dire la vérité. Tout allait tellement bien.

— Y est passé à la banque une fois.

François acquiesce en contenant sa colère.

— J'avais pas le choix, dis-je sur la défensive.

— T'avais promis.

— J'étais sa planificatrice financière! C'était encore mon client! Si tu veux savoir… il est venu pour fermer ses comptes.

François me regarde pour évaluer le niveau de vérité de cette affirmation.

— C'est complètement réglé, j'aurai pu du tout affaire à lui.

— Lui as-tu dit qu'on s'en venait ici? me demande François, toujours de glace.

— À l'île d'Orléans?

— Ouais.

— J'lui en ai peut-être glissé un mot vite vite, pourquoi?

— Pour rien.

— Dis-moi!

— Rien.

François stationne la voiture devant l'auberge: une petite maison tricentenaire. Il *rushe* encore avec l'ouverture du coffre. Il pogne les nerfs.

Je ne l'ai jamais vu ainsi.

Sa belle patience a disparu.

La bombe est sur le point d'exploser.

***

Les hôtes de l'auberge numéro un sur Trip Advisor nous ont accueillis chaleureusement comme de vieux copains: notre chambre cinq étoiles offrait une vue splendide sur le fleuve Saint-Laurent et le petit-déjeuner gastronomique trois services préparé avec les produits de l'île était un des meilleurs que j'aie mangé de ma vie. Beaucoup de chiffres pour exprimer à quel point notre séjour aurait pu être inoubliable.

Nous avons plutôt dormi dos à dos, sans nous toucher, et nous sommes retournés en ville avec la capote du véhicule abaissée: un indice que le plaisir était bel et bien terminé.

Pourquoi François a-t-il eu la brillante idée de poser une question dont la réponse pouvait tuer ? Cela restera un mystère. Mais je lui en veux de l'avoir fait. Ça ne va plus super bien, nous deux.

32. Le choc : première des sept phases du deuil amoureux

« Dans les moments de paroxysme,
il faut savoir être fou délibérément
pour ne pas mourir sous le choc de la vie. »
Michel Bataille

Sidération : nom féminin (latin sideratio, *action funeste des astres).*

Anéantissement subit des forces vitales, se traduisant par un arrêt de la respiration et un état de mort apparente.

On ne s'est jamais rendus chez les parents de François le lundi suivant pour souper.

Correction. On s'y est rendus, pour ensuite faire demi-tour sans dire bonjour.

En chemin, j'ai reçu un texto de Philippe.

J'ai rêvé à toi.

Ce message a déclenché une guerre nucléaire. Pour éviter qu'un conflit dégénère, parfois il vaut mieux se taire. Les mots ont la même force qu'une arme de destruction massive. Je comprends Mat de passer de longues minutes à rédiger un *tweet* d'opinion avant de le publier. De la même manière qu'un journaliste a le pouvoir de faire fermer un restaurant en clamant avoir trouvé un poil pubien dans une cuisine, dire à son chum que le sexe il connaît ça « normal » a le pouvoir de briser son couple.

Oui. J'ai dit ça à François.

Dans le livre *Comment tuer la romance pour les nuls*, la leçon numéro 1 devrait être : « Comparer son chum avec son ex. »

Je n'aurais jamais dû lever le voile sur ma vie sexuelle avec Philippe, mais il ne m'a pas laissé me taire. Il me criait par la tête :

— PARLE, câlisse !

Je lui ai donc expliqué que Philippe est mon premier vrai amour, qu'avant lui je n'aimais pas le sexe, qu'il m'a formée à sa manière et qu'à cause de cela j'ai encore l'impression de lui appartenir.

Face à sa colère, je n'ai pas eu le temps d'enrober la vérité ni de peser mes mots :

— Veux-tu retourner avec ton ex ?

— Je sais pas.

François, excédé, a décidé de mettre un terme à notre relation sans possibilité de discussion. Il en avait assez. Avec raison. Il mérite une fille qui veut être seulement avec lui.

Il a donc rebroussé chemin alors que nous étions stationnés devant chez ses parents.

Le trajet vers la maison avait quelque chose d'un train de l'holocauste. C'était ma déportation, ma mise à mort. Il m'exterminait de sa vie.

Il me débarque devant chez moi. Je le regarde une dernière fois, impuissante, en espérant que peut-être il changera d'avis. Ses dents sont serrées. Ses yeux bleus sont orageux.

— Ça finit comme ça? lui demandé-je.

François hausse les épaules, vanné.

— T'es sûr?

Il me répond d'un simple petit hochement de tête. Je sors de la Camaro sans me battre. En fait, je n'ai pas ce droit, avec ce que je lui ai dit. Je suis dans l'obligation de mettre de l'ordre dans mes idées.

J'entre dans l'appartement sous le choc de la tournure des événements. Je m'adosse contre la porte d'entrée, que je ferme derrière moi.

Je peux entendre Mat et Marilou, dans la cuisine, argumenter tout en riant de bon cœur.

Je traverse le long corridor, le pas lourd et le souffle court, comme si on m'avait enfermée dans une chambre à gaz.

À table, Mat et Marilou sont en train de préparer des pizzas mexicaines.

— C'est une excuse, Mari!

— C'est pas une excuse! Mets-en plus! dit Marilou en parlant du bœuf haché.

— Y en a assez!

Mat remarque que je me tiens immobile dans le cadre de porte et me dit:

— T'avais pas un souper?

Je hoche la tête, complètement figée. Marilou, tentant de se trouver une alliée, me demande:

— Toi, qu'est-ce que t'en penses? Mettons que le gars dit: «J'peux pas te *dater* tant que t'es mon étudiante», ça veut dire qu'il va être intéressé après, hein?

Je n'écoute rien et j'entre dans ma chambre. Je m'assois sur le lit. Je ne sais pas si je vais vomir ou faire une crise cardiaque. Je tremble comme une feuille. Mat et Marilou se lèvent et viennent me rejoindre.

— Ça va? demande Mat, doucement.

Je fais signe que non. Je me tiens le ventre.

— Es-tu malade? demande Marilou.

Je secoue la tête.

Ils s'assoient de chaque côté de moi et attendent que je verbalise la situation. J'ai peur des mots en ce moment. Je redoute le son de ma voix. Je fixe le vide devant moi.

— François m'a laissée. C'est fini.

Mat et Marilou se regardent, tristes, mais peu ébranlés, comme s'ils savaient que ce jour allait arriver. Ils déposent chacun une main réconfortante sur mes omoplates. Ma gorge se serre :

— C'est de ma faute.

Mon visage se crispe un peu, puis beaucoup… Mon corps a mal à force de réprimer la rivière de larmes fabriquée par mon cœur qui éclate. Je laisse échapper une longue lamentation dégueulasse, puis j'éclate en sanglots.

Ce qui arrive, c'est de ma faute. Tout est de ma faute. Je n'ai pas pris soin de la chose la plus précieuse à mes yeux et donc je l'ai perdue, égarée.

Correction. François n'est pas une chose. Il est l'homme merveilleux et patient que j'ai tenu pour acquis.

Cette séparation est une erreur.

Je l'aime.

Remerciements

À Luc Wiseman, producteur dévoué, patron fidèle et ami. Merci pour ta confiance, ton écoute et tes cépages. Pour avoir investi en mon talent et m'avoir donné des ailes pour voler.

À Sylvie Fréchette, pour n'avoir jamais accepté de moi rien de moins que le meilleur.

À la réalisatrice Miryam Bouchard. Merci pour ta vision, ton humour et ton amour inconditionnel pour le créateur.

Merci à Sylvie Roy, mon mentor, mon idole ; celle qui a cru en moi, nourri mon potentiel et forgé ma confiance.

Merci à toute l'équipe d'Avanti Ciné Vidéo pour les merveilleuses années. Je garde une place dans mon cœur pour chacun d'entre vous.

À Séries+, pour avoir osé ouvrir les portes de son château à une novice. La suite est un conte de fées.

Merci à ma muse, Sophie Desmarais, pour son talent inné et irréprochable, et à tous les comédiens de la série *Mon ex à moi* pour avoir fait vivre mes personnages comme jamais je n'aurais pu l'espérer.

Annie Lemieux-Gaudreault, mon entremetteuse. Merci pour tes conseils et pour m'avoir présentée à mon éditrice, Nadine Lauzon, qui s'est montrée patiente et encourageante tout au long du processus.

À Renée-Claude Brazeau, femme et auteure inspirante, merci de m'avoir donné les coups de pied dont j'avais besoin pour grandir et les retraites d'écriture dont j'avais besoin pour respirer.

À ma cousine planificatrice financière, Marie-Michelle, merci pour ta disponibilité et tes idées quand j'étais en panne.

Merci à mon frère Michael, mon premier lecteur, pour tes encouragements et ton soutien.

Aux gens du café Lili et Oli, mon deuxième bureau, pour me donner l'énergie d'entamer chaque nouvelle journée avec aplomb et me permettre de rester en contact avec des êtres humains.

À Mat, pour les éclats de rire, ton talent brut que j'envierai toujours, et pour m'avoir enseigné la comédie sans le vouloir.

À papa. Merci d'être tout le contraire de celui qui est représenté dans ce livre ; un homme de famille d'abord et avant tout.

Et finalement à maman. La plus grande guerrière que je connaisse. Ma boussole qui pointe toujours vers le nord. Mon phare qui perce de sa lumière les plus grandes tempêtes de la vie. Celle qui m'a montré à persévérer contre vents et marées. Merci pour ta présence, même par-delà les océans. Je t'aime.

Suivez Émilie Fanning sur Facebook :
facebook.com/EmilieFanningMonexamoi
et restez à l'affût des titres à paraître
chez Libre Expression en suivant aussi
Groupe Librex : facebook.com/groupelibrex

edlibreexpression.com

Cet ouvrage a été composé en Minion 12,25/15
et achevé d'imprimer en août 2016 sur les presses de
Marquis Imprimeur, Québec, Canada.

garant des forêts intactes   procédé sans chlore   100 % post-consommation   archives permanentes   énergie biogaz

Imprimé sur du Rolland Enviro 100% postconsommation, fabriqué à partir
de biogaz, traité sans chlore, certifié FSC et garant des forêts intactes.